KB262555

殺手道

살수도

문우 新무협 판타지 소설

FANTASTIC ORIENTAL HEROES

살수도 1

문 우 新무협 판타지 소설

초판 1쇄 찍은 날 § 2013년 08월 22일
초판 1쇄 펴낸 날 § 2013년 08월 29일

지은이 § 문 우
펴낸이 § 서경석

편집부장 § 권태완
편집 § 정수경

펴낸곳 § 도서출판 청어람
등록번호 § 제1081-1-89호
등록일자 § 1999. 5. 31
어람번호 § 제2-2385호

주소 § 경기도 부천시 원미구 심곡2동 163-2 서경B/D 3F (우) 420-822
전화 § 032-656-4452 팩스 § 032-656-4453
http://www.chungeoram.com
E-mail § chungeorambook@daum.net

ⓒ 문 우, 2013

ISBN 978-89-251-3436-9 04810
ISBN 978-89-251-3435-2 (세트)

殺手道

살수도

문우 新무협 판타지 소설

FANTASTIC ORIENTAL HEROES

①

도서출판 청어람

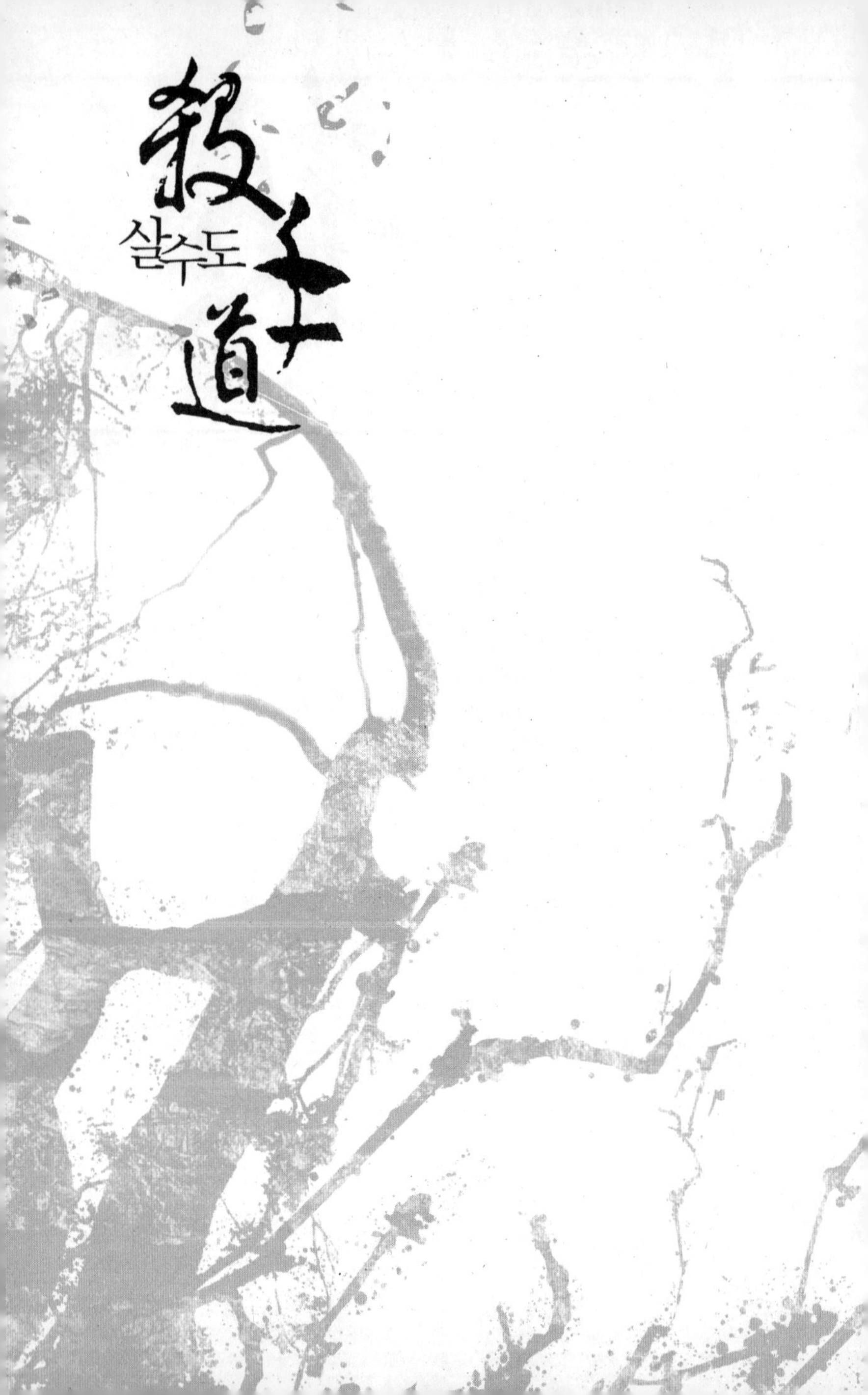

殺士
살수도
道

序章   7

第一章   백리세가(百里世家)   13

第二章   양호유환(養虎遺患)   43

第三章   일벌백계(一罰百戒)   77

第四章   잠원마공(潛原魔功)   103

第五章   청운대회(靑雲大會)   147

第六章   산중인연(山中因緣)   179

第七章   동명이인(同名異人)   213

第八章   풍운객잔(風雲客棧)   247

第九章   살수지왕(殺手之王)   283

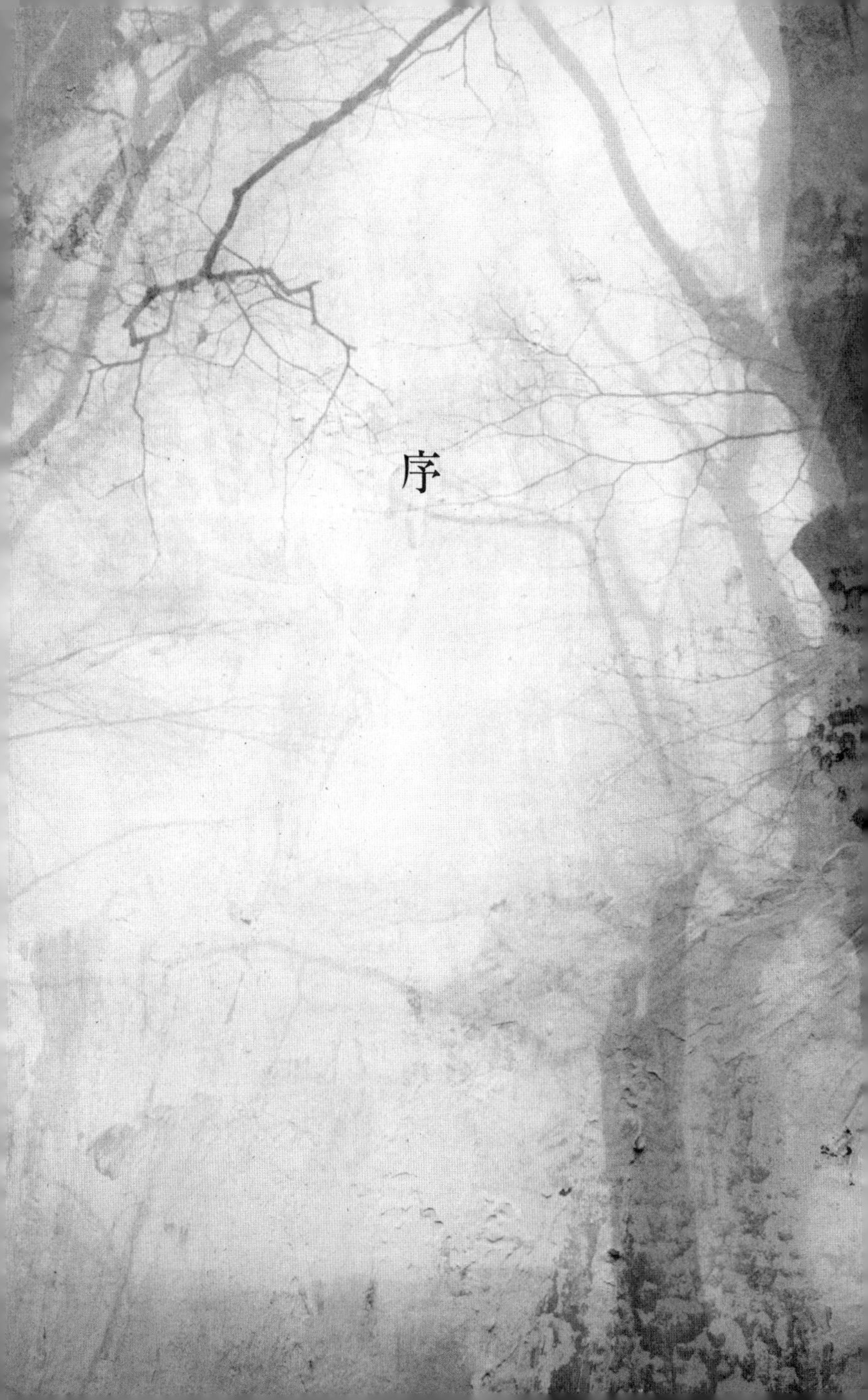
序

기다림에는 한계가 존재한다.

금방 돌아오겠다던 아버지는 십 년이란 세월이 지나도록 돌아오지 않았다.

그리고 진백운(眞白雲)의 한계는 딱 십 년이었다.

그는 오늘에서야 비로소 그동안 부정해 왔었던 진실을 거우 받아들일 수 있었다.

실패(失敗).

하늘도 죽인다는 아버지가 의뢰에 실패한 것이리라.

그리고 그것은 아버지의 죽음을 의미했다.

이 사실을 받아들이기까지 자그만치 십 년이란 세월이 걸려 버렸다.

아버지와 실패는 기름과 물처럼 결코 어울릴 수 없었기 때문이다.

그러나 더 이상의 기다림은 무의미할 뿐.

그는 현실을 직시하기로 했다. 그리고 앞으로 무엇을 해야 할지에 대해서만 생각해 보았다.

생각은 그리 길지 않았다.

자신이 해야 할 일은 단 두 가지로써 압축되었기 때문이다.

그 두 가지는 아주 간단명료한 것이었다.

은혜를 갚는 일과 원수를 갚는 일.

무림(武林)이란 곳에서 살아가는 모든 무림인들이 그렇듯 진백운 자신도 결국은 은원(恩怨)이란 사슬에 얽매인 존재였던 것이다.

이제 은혜와 원수 중 무엇을 먼저 할지 결정하는 일만 남았다.

그는 이 문제를 운명에 맡기기로 했다.

‘앞면은 은(恩), 뒷면은 원(怨).’

주머니에서 동전을 꺼낸 그는 그렇게 정하고 손가락으로 동전을 튕겼다.

팅.

맑은 쇳소리를 내며 동전이 허공으로 튀어 올랐고 이내 동전을 낚아챈 그는 천천히 자신의 손바닥을 펴보았다.

“훗.”

동전의 결과를 확인한 그는 피식 웃음을 흘렸다.

어찌됐든 동전이 방향을 정해 줬으니 자신은 그대로 움직이면 될 일이었다.

간단하게 행낭을 챙긴 그는 문을 열고 밖으로 나섰다.

따사로운 햇살을 받으며 진백운은 동전이 정한 방향대로 천천히 발걸음을 옮겼다.

천살(天殺)이 음지에서 양지로 그 첫 걸음을 내딛은 것이다.

第一章
백리세가(百里世家)

백리세가는 한때 호북(湖北)을 대표하는 무가(武家)였다.

분명 한때는 그랬다.

그러나 정마대전(正魔大戰)은 강호를 여러모로 변모시켰고 백리세가 또한 그 영향에서 벗어날 수 없었다.

가주 백리휘명이 무공을 잃음과 동시에 가세(家世)가 급격히 기울기 시작한 것이다.

그뿐인가. 엎친 데 덮친 격으로 세가에서 심혈을 기울여 육성했던 추성비룡단(追城飛龍團) 또한 정마대전을 통해 전멸에 가까운 피해를 입었다.

한마디로 세가를 대표하는 고수와 단체가 한순간에 사라지고 그 자리엔 패배라는 오명(汚名)만 남은 것이다.

百里世家.

비록 위세는 예전만 못하지만 백리세가의 현판만큼은 여전히 세가의 유구한 역사와 전통을 말해주고 있었다.
그런 백리세가의 현판을 응시하는 사내가 있었다.
진백운이다.
잠깐 동안 현판을 올려보던 그는 이내 발걸음을 세가 안으로 옮겼다.
아니, 옮기려 했지만 그 발걸음은 세가의 정문을 지키던 무사에 의해서 저지당했다.
"멈춰라!"
무사는 진백운의 앞을 막아서며 소리쳤다.
마치 조금만 움직이면 당장에라도 출수할 것 같은 자세를 취하는 무사의 태도에 진백운은 고개를 갸웃거렸다.
한 세가의 정문을 지키는 무사의 행동이라고 보기엔 조금 과한 감이 있었기 때문이다.
보통 방문자의 용건과 신분만 확인하지, 이렇게 흉흉한 기세를 내뿜지 않는다.

그것이 관례고 방문한 손님에 대한 예의인 것이다.

"무슨 용건으로 왔느냐?"

무사는 여전히 검병(劍柄 : 검의 손잡이)에 손을 올린 채로 진백운을 향해 물었다.

시종일관 하대로 대하는 무사의 태도에 기분이 나쁠 법도 하건만 진백운은 순순히 자신의 방문 목적을 밝혔다. 좋은 일로 왔는데 굳이 얼굴 붉히고 싶지 않았던 까닭이다.

"가주를 만나러 왔소."

"역시!"

그러나 진백운의 대답에 무사의 눈빛은 오히려 더 싸늘하게 가라앉았다.

그는 진백운을 경멸스럽게 쳐다보며 말했다.

"꺼져라."

이쯤 되면 거의 개념을 상실한 수준이다.

진백운은 어이가 없어 무사에게 한 발자국 다가서며 말했다.

"아니 무슨……."

쉭.

그러나 무사의 검이 자신의 목을 향하는 바람에 그는 하려던 말을 멈추고 일단 그 검을 피해야만 했다.

"이게 뭐하는 짓이요?!"

뒤로 물러선 진백운이 무사를 향해 소리쳤다.

"다시 한 번 말한다, 좋은 말로 할 때 꺼져라."

여전히 고압적인 태도로 진백운을 향해 경고하는 무사였다. 그러나 무사도 속으론 깜짝 놀란 상태였다.

지척에서 날린 기습이다.

원래라면 적당히 겁만 줄 심산으로 진백운의 목 앞에서 검을 멈추려 했지만 상대의 대피가 너무 빨랐던 것이다.

'예사 놈이 아니다.'

진백운을 위험인물로 판단한 그는 품 안으로 살짝 손을 집어넣었다. 여차하면 호각을 불어 지원을 요청할 생각이었다.

"하!"

어이가 없어진 진백운이 헛웃음을 내뱉었다.

가주를 만나러 온 손님에게 무턱대고 검부터 날리는 문지기라니.

백리세가는 가장 정파다운 정파라고 할 수 있지.

그의 아버지는 백리세가를 항상 이렇게 평가했었다.

'개뿔, 정파는 무슨.'

어린 나이에 그 애기를 들으며 가졌던 기대, 이곳으로 오면서 두근대던 설렘이 한낱 문지기에 의해서 산산이 부서지는 순간이었다.

그런 그의 귀로 나지막한 무사의 음성이 이어졌다.

"마지막 경고다, 꺼져라. 그렇지 않으면 진짜 벨 것이다."

인내심에는 한계가 존재한다.

단언컨대 그는 지금까지 단 한 번도 누군가에게 꺼지라는 소리를 들어본 적이 없었다.

그런데 오늘 무려 세 번이나 들은 것이다. 단 한 사람에게, 그것도 고작 문지기에게 말이다.

웬만하면 참아 넘기려던 진백운에게 무사의 마지막 경고는 인내심의 한계를 느끼게 만들었다.

그는 더 이상은 참지 않기로 했다.

"벤다는 말은."

진백운이 무사를 향해 한 걸음씩 다가가며 말했다.

"함부로 하는 게 아니지."

오싹.

순간 무사는 뱀 앞에 놓인 개구리처럼 아무것도 할 수 없는 자신을 느꼈다.

온몸에 소름이 돋았다.

그것은 그가 이제껏 한 번도 경험해 보지 못한 가공할 살기(殺氣)와 마주한 까닭이었다.

식은땀은 물처럼 흘러내렸고 검을 잡은 손은 덜덜덜 떨려

왔다. 호각을 불어 지원을 요청해야겠다는 그의 생각은 이미
기억 저편으로 날아가 버린 지 오래다.

그저 다가오는 진백운을 바라보며 공포에 떠는 것만이 그
가 할 수 있는 전부였다.

"그만하세요."

그런 그를 구원해 준 것은 한 여인의 음성이었다.

여인은 세가 안에서 진백운을 향해 걸어 나오며 말했다.

"조(曹) 무사는 제가 시킨 대로 했을 뿐입니다. 실례가 됐
다면 사과드리겠습니다. 그러니 이만 살기를 거두시지요."

진백운은 여인을 바라보았다.

눈이 부시게 아름다운 미모를 가진 여인이지만 그가 바라
보는 것은 여인의 미모가 아니다. 바로 여인의 눈이었다.

흔히 눈을 마음의 창이라고 한다.

진백운은 여인의 눈을 통해 말의 진위(眞僞)를 파악한 것이
다.

"훗."

진심을 느꼈을까? 그는 한차례 피식 웃으며 무사를 옥죄고
있던 살기를 그만 거두었다.

"헉헉."

다리가 풀린 무사는 바닥에 털썩 주저앉으며 거칠게 숨을
내뱉었다.

"괜찮아요?"

"헉헉, 예, 아가씨."

안쓰러운 표정으로 무사의 안위를 걱정하던 여인이 다시 진백운을 바라보며 입을 열었다.

"다시 사과드리겠습니다. 워낙 허명(虛名)을 노리고 세가를 찾는 이들이 많아서 그런 것이니 양해해 주십시오."

그러면서 고개를 숙이는 여인이다.

"뭐… 그렇다면야."

진백운은 볼을 긁적거리며 여인의 사과를 받아들였다.

이미 화풀이는 다한 상태였고, 사과까지 받은 마당에 굳이 일을 크게 벌일 필요는 없었다.

"그럼 무슨 용무로 본가를 방문하셨는지 소녀가 물어도 되겠습니까?"

진백운이 사과를 받아들이자 여인은 곧바로 진백운의 방문 목적을 물었다.

무사도 그렇고 여인도 그렇고 질문을 하면서 경각심(警覺心)을 가지는 건 매한가지였다.

진백운은 의구심이 들었지만 굳이 표현하진 않았다.

나중에 가주를 만나 자세한 사정을 물어보면 그만인 문제였기 때문이다.

"가주를 만나러 왔소."

그는 좀 전에 무사에게 했던 것과 똑같은 대답을 되풀이했다.

그러나 이번엔 다행히도 상대가 무사가 아니라 여인이었다.

당연히 돌아오는 반응 또한 달랐다.

"이유를 물어도 되겠습니까?"

여인의 질문에 그는 빙그레 미소를 지으며 말했다.

"진가(眞家)에서 왔다 하면 아실 것이오."

*　　　*　　　*

백리세가 내원 구석에는 유운전(流雲殿)이란 곳이 있다.

구름이 흘러간다는 이름이 붙은 이곳은 세가를 방문한 귀인들을 모시는 응접실이다.

진백운은 유운전에 앉아 차를 음미하며 마셨다.

'대체 정체가 뭘까?'

그런 진백운을 백리연은 호기심 어린 표정으로 관찰했다.

사내의 방문을 알렸을 때 자신의 아버님은 눈에 띄게 반가워하는 표정을 지으셨다.

그러면서 한편으로는 결코 대접을 소홀히 하지 말라는 지시를 내렸다.

무엇보다 정문에서 사내가 보여준 살기가 마음에 걸린다. 아무리 많이 쳐줘도 자신의 또래로밖에 안 보이는 사내다. 절대 그 나이 대에서 나올 수 있는 살기가 아니었던 것이다.

"내 얼굴에 뭐 묻었소?"

"네?"

"너무 뚫어지게 보니 하는 말이오."

"아!"

진백운의 말에 백리연은 자신의 실수를 깨달았다. 그녀는 재빨리 고개를 숙이며 사과를 했다.

"죄송합니다."

"뭐, 괜찮소."

다시 어색한 침묵이 유운전을 감돌았다.

진백운으로선 분위기를 전환할 겸 해서 건넨 농이었지만 백리연의 사무적인 태도에 대화를 이어나가기가 힘들었던 것이다.

다행스럽게도 그 침묵은 그리 오래가지 않았다.

부산스런 발걸음 소리와 함께 백리휘명이 유운전 안으로 들어섰기 때문이다.

그는 문을 열고 들어서며 소리쳤다.

"천강, 자네 왔는가?"

그러나 문을 연 백리휘명의 발걸음은 잠시 멈췄다.

“응?”

반갑게 뛰어 들던 그는 진백운의 모습을 확인하곤 살짝 당황한 표정을 지었다.

자신이 예상했던 손님이 아니었기 때문이다.

그런 백리휘명을 향해 진백운이 먼저 자리에서 일어나 공손히 인사했다.

“처음 뵙겠습니다, 진백운이라 합니다.”

“진백운?”

순간, 그의 머릿속으로 곧 죽을지도 모른다는 소년이 떠올랐다.

“아, 그럼 자네가?”

“네. 아들입니다.”

진백운의 정체를 알아차린 백리휘명이 인자한 미소를 지으며 말했다.

“하하. 자네 얘기는 천강, 그 친구에게서 많이 들었지.”

“그렇습니까?”

“자자, 일단 자리에 앉지.”

서로 간략한 통성명을 마친 두 사람이 자리에 앉자 백리연이 가지런히 두 손을 모은 채 말했다.

“그럼 서로 말씀들 나누시지요.”

공손히 인사하는 백리연이었다.

덕분에 진백운도 다시 자리에서 일어나 그녀의 인사를 받아야만 했다.

백리연이 문밖으로 나가고 나서야 진백운은 다시 자리에 앉았다.

그가 착석하자 백리휘명이 말했다.

"그래, 아버님은 잘 계시는가?"

단순히 부친의 안부를 묻는 질문이었지만 진백운은 난감함을 느꼈다.

부친의 생사(生死)를 정확히 알 수 없었던 까닭이다.

"그게……."

진백운은 말끝을 흐렸다.

"하긴 잘 있겠지, 그 친구는 누가 뭐래도……."

"돌아가셨습니다."

"돌아갔겠지…. 응?"

백리휘명이 살짝 당황한 표정을 보였다.

"사실 행방이 묘연하여 정확히 말씀드릴 수는 없지만 짐작컨대 아버님은 이미 세상을 떠나신 듯합니다."

이어지는 진백운의 말에 백리휘명은 더욱 놀라며 두 눈을 동그랗게 떴다. 쉽게 믿기 힘든 말이기 때문이다. 그러나 그의 자식이 이렇게 직접 찾아와 하는 말이니 믿어야만 했다.

백리휘명이 진백운을 위로했다.

“이런, 내가 실수했구먼. 미안하네, 상심이 클 터인데⋯⋯.”

“괜찮습니다.”

다시 어색한 침묵이 유운전을 맴돌았다.

백리휘명은 그런 분위기를 전환시키기 위해 진백운에게 다른 질문을 던져 보았다.

“그래, 우리 세가에는 무슨 일로 왔는가?”

순간, 진백운이 자세를 고치며 공손한 태도로 대답했다.

“은혜를 갚으러 왔습니다.”

“은혜?”

그는 고개를 갸우뚱거렸다.

진백운이 계속해서 말을 이었다.

“네. 제 생명을 구해주셨다 들었습니다.”

“그게 무슨 은혜인가? 약 하나 필요하다길래 건네줬을 뿐인 것을. 그러니 신경 안 써도 되네, 하하하.”

백리휘명은 별거 아니라는 듯 손사래를 치며 가볍게 웃어넘겼다.

하지만 그러한 그의 모습 덕분에 진백운은 왜 자신의 아버지가 유독 이 사람을 높게 평가했는지 비로소 알 수 있게 되었다.

오늘 처음 만났고, 단 몇 마디 나눴을 뿐이다. 그런데도 백리휘명의 인품이 마음속 깊은 곳까지 느껴지고 있었다.

'담백하면서도 그 그릇이 크신 분이구나.'

그리 생각하면서 진백운은 미소를 지으며 말했다.

"다른 일도 아닌 구명지은(求命之恩)입니다. 천살은 이 은혜를 가벼이 넘길 수 없습니다."

그렇게 말하는 그의 음성은 단호해 보였다.

"허허, 거참……."

백리휘명은 전혀 물러설 생각이 없어 보이는 진백운을 보며 자신의 뒤통수를 긁적였다. 그러나 저리도 단호한 의지를 꺾는 건 진백운에 대한 실례라는 생각이 들었다.

"그래, 그럼 어떤 식으로 갚을 텐가?"

그가 진백운을 향해 물었다.

"……."

백리휘명은 그냥 형식적으로 물어본 것이지만 진백운은 이 질문에 바로 쉽게 대답하지 못했다.

'이런…. 생각이 짧았구나.'

동전이 정한 대로 일단 은혜부터 갚으러 오긴 왔다. 그런데 어떤 식으로 갚아야 할지에 대해서는 구체적으로 생각해 보지 않았던 것이다.

보통 원수를 갚는 일은 비교적 쉽다.

불구대천지수(不俱戴天之讐)라는 말처럼 결코 한 하늘을 이고 살아갈 수 없기 때문이다.

그렇기 때문에 원수를 갚는다는 건 원수를 죽이기만 한다면 어느 정도 달성했다고 볼 수 있다.

그러나 은혜를 갚는 일은 결코 쉽지 않았다.

자신이 느꼈던 고마운 감정을 상대가 똑같이 느낀다는 것 자체가 어불성설(語不成說)이기 때문이다.

더욱이 진백운은 백리세가에 생명을 빚졌다.

만약 백리세가에서 대환단(大還丹)이라는 보물을 선뜻 건네지 않았다면 이미 예전에 잃었을 목숨이다.

목숨을 다 바쳐도 갚지 못할 은혜, 고작 돈 몇 푼으로 갚을 만한 것이 아니었다.

"제가 생각이 짧았습니다."

그는 말을 하며 고개를 숙였다.

"하하, 아닐세. 사실 이렇게 날 직접 찾아와 준 것만으로도 고맙다네. 말은 안 했지만 한동안 꽤나 적적했다네."

그 말에 진백운이 미소를 지어 보였다.

백리휘명이 계속해서 말을 이었다.

"모처럼 본가를 방문한 손님이니 가능하면 좀 오래 머물도록 하게나."

"네, 그러겠습니다."

"하하. 그럼 이제 자네 얘기를 좀 들어볼까?"

두 사람은 주거니 받거니 하며 한동안 서로에 대한 얘기를 나누었다.

진백운의 방문으로 인해 모처럼 활기를 찾은 유운전이었다.

＊　　　＊　　　＊

쉭쉭.

달빛을 받으며 백리연의 검이 춤을 추기 시작했다.

추성검법(追聲劍法).

과연 소리를 쫓는다는 이름처럼 그녀가 검을 휘두를 때마다 공기를 가르는 기이한 소리가 들려왔다.

사사사삭.

이번에는 더욱 빠르게 사방(四方)으로 검을 휘두른다. 추성검법은 쾌(快)와 환(渙)이 함께 어우러지는 검법. 빠르게 흩뜨려 뿌려야만 한다.

만약 백리연의 내공이 조금만 더 높았어도 주변 일장(一丈 : 약 3m)은 날카로운 검기들로 인해 초토화되었을 것이다.

"후우…."

백리연은 숨을 짧게 고르며 잠시 검을 내렸다.

오랜 시간 지속되었던 검무로 인해 그녀의 전신은 땀으로 흠뻑 젖어 있는 상태였다.

‘강했어······.’

백리연은 낮에 보았던 진백운의 기세를 떠올렸다.

그리고 그것이 진백운의 진면목이 아니라는 사실도 어렴풋이 느낄 수 있었다.

모르긴 몰라도 자신은 상대도 안 될 정도로 강한 무공을 지녔을 것이다.

백리연은 입술을 잘끈 깨물었다.

진백운같이 재능을 타고난 이들을 볼 때마다 지난날의 노력이 헛되게 느껴진다.

백리세가의 재기(再起)를 위해 그동안 부단히 노력해 온 그녀였지만 이따금씩 현실의 한계를 느낄 때마다 찾아오는 자괴감은 막을 방도가 없었다.

“후우···. 나는 나잖아?”

중얼거리며 백리연은 다시 검을 들어올렸다.

움직일 수 없을 정도가 될 때까지 몸을 움직이고 나면 그때는 힘이 들어서라도 다른 잡생각은 떠오르지 않을 것이다.

이제 청운대회(靑雲大會)가 열리기까진 시간이 얼마 남지 않았다.

지금 백리세가는 무엇보다도 이름을 떨칠 기회가 절실하게 필요했고 그런 면에서 볼 때 청운대회는 백리세가에 다시 없을 절호의 기회였다.

자괴감에 빠져 있기엔 그녀의 어깨에 짊어진 짐은 너무 무거웠다.

"하압!"

힘찬 기합 소리를 내며 백리연의 검이 다시 춤을 추기 시작했다.

*   *   *

가주와의 얘기를 마치고 유운전에서 나온 진백운은 후원으로 발걸음을 옮겼다.

당분간 자신이 머물러야 할 방이 그곳에 위치한 까닭이다.

"거참, 이상하네."

걸음을 옮기면서 진백운은 고개를 갸우뚱거렸다.

그 이유는 백리휘명의 말과 자신의 판단이 서로 모순되고 있었기 때문이었다.

가능성은 둘 중에 하나다.

자신의 판단이 틀렸거나, 아니면 백리휘명이 거짓말을 하고 있는 것이리라.

진백운은 백리휘명이 거짓말을 하고 있다고 속으로 생각했다.

"왜?"

그런데 의문점은 굳이 왜 그런 거짓말을 하고 있는지는 모르겠다는 것이다.

그것도 자신의 가족을 속이면서까지.

백리휘명은 정마전쟁에서 절대십마(絶對十魔) 중 일인인 광마도(狂魔刀) 유승(柳昇)에게 패해 모든 내공을 잃고 무공을 쓸 수 없는 몸이 되었다고 말했다.

그 때문에 백리세가는 현재 중소문파보다 못한 수준으로 강호에 인식되고 있었고.

그러나 진백운은 백리휘명의 무위를 꿰뚫어 보았다. 그가 판단하기에 백리휘명은 가주라는 직책을 넘어선 엄청난 기운을 숨기고 있었다.

"뭐, 내가 상관할 바는 아니지만……."

진백운은 한차례 고개를 저으며 그 생각을 털어버렸다. 자신은 은혜를 갚으러 온 것이지, 남의 집 가정사에 참견하러 온 게 아니기 때문이다.

사사사삭.

"응?"

후원이 가까워지는 순간, 진백운의 귀로 한 줄기 바람을 가르는 검명(劍鳴)이 들려왔다.

　호기심이 동한 그의 발걸음은 자연스레 검명을 따라 움직이기 시작했다.

　얼마쯤 걸어간 그는 백리연이 홀로 수련하고 있는 모습을 볼 수 있었다.

　'좋구나.'

　아름다운 달빛 아래서 춤추고 있는 백리연의 검무(劍舞)는 보는 이의 기분을 절로 좋게 만들었다.

　백리연의 검은 빠르면서도 섬세했다. 그러나 한편으론 그 빠른 속도를 감당할 힘이 부족한 듯 보였다.

　그렇다 하더라도 검무를 추고 있는 백리연의 모습이 아름답다는 사실만큼은 변함이 없었다.

　진백운은 후원의 풍취와 함께 어우러지는 그녀의 검무를 한쪽에서 가만히 바라보았다.

*　　　*　　　*

　"후우우."

　백리연은 오랜 수련으로 인해 흐트러진 호흡을 한차례 긴 숨으로 내뱉으며 갈무리했다.

　몸은 천근만근 무거웠지만 답답했던 기분은 한결 나아진 백리연이었다.

쉬이이잉.

선선한 바람이 그녀의 땀을 식혀 주었다. 그러나 바람은 그녀의 땀을 식혀줌과 동시에 한 사람의 등장도 같이 알려 주었다.

짝짝.

바람에 실린 한 줄기 박수소리에 백리연은 등을 돌려 걸어 나오는 인물을 바라보았다.

"뭐죠?"

그녀는 약간 기분이 상한 목소리로 물었다.

그도 그럴 것이 타인의 무공을 몰래 훔쳐보는 건 무림에서 예의가 아니었기 때문이다.

더군다나 그녀가 보기엔 진백운의 표정에는 조금도 미안한 기색이 없었던 것이다.

"뭐가 말이오?"

자신의 잘못을 모르는지 오히려 되묻는 진백운이다.

"연무를 훔쳐보는 건 금기(禁忌)라는 사실을 모르나요?"

백리연의 말에 그는 난감한 듯 머리를 긁적였다. 진백운은 그제야 자신의 실수를 깨달았다.

연무를 방해하지 않기 위해 조용히 지켜보다가 등장했던 게 오히려 오해의 소지를 남긴 것이다.

그는 순순히 자신의 잘못을 인정했다.

“미안하오. 검무가 너무 아름다워 잠시 지켜보게 되었소.”

“…….”

그에게 딱히 다른 의도는 없어 보였기에 백리연도 그냥 이쯤에서 넘어가기로 했다.

어찌됐든 진백운은 아버님의 손님으로 세가를 방문한 사람이었다.

“알겠어요, 하지만 다음부턴 조심하세요. 시비로 이어질 수도 있으니까요.”

“고맙소.”

염려 섞인 백리연의 주의에 진백운이 살짝 고개를 숙여 고마움을 표했다.

“더 하실 말씀이 없으시다면 저는 이만…….”

말을 마치고 백리연이 등을 돌렸다.

땀으로 흠뻑 젖은 무복이 온몸에 쫙 달라붙어 있었기 때문이다. 더군다나 오랜 수련으로 인해 더 이상 얘기할 기력도 없는 상태였다.

서둘러 지친 몸을 쉬고 싶었던 그녀는 발걸음을 천천히 자신의 방 쪽으로 돌렸다.

“아, 소저!”

그때 발걸음을 옮기던 그녀를 진백운이 불러 세웠다.

그 덕에 백리연은 옮기던 발걸음을 멈추고 다시 등을 돌려 진백운을 바라보아야만 했다.

그녀가 물었다.

"더 하실 말씀이 있으신가요?"

"아, 그게……."

진백운이 말끝을 흐렸다.

다름이 아니라 백리연의 무공을 보면서 느꼈던 문제점들을 짚어주고 싶은데 그게 예의에 어긋나는 것인지 아닌지, 판가름이 잘 안 됐기 때문이다.

물론 모르는 척 지나갈 수 있는 문제지만 백리연은 은인(恩人)의 여식이다.

어떻게든 백리세가에 호의를 베풀고 싶은 게 진백운의 마음이었다. 또한 잘못된 길로 걸어가는 이를 보고도 모르는 척하는 건 그의 성미와도 맞지 않았다.

"빠름이란 부드럽다는 말이며 부드럽다는 것은 이어짐에 막힘이 없다는 것이오."

결국 그는 자신이 느꼈던 바를 그대로 말했다.

흔히 쾌검(快劍)을 일컬어 일검필살(一劍必殺)의 검이란 생각을 가지고 있다.

물론 맞는 말이다.

그러나 그 속도가 섬전(閃電)보다 빠르지 못한 이상에야 결국에는 막혀 버리고 마는 검 또한 쾌검인 것이다.

이것이 바로 쾌검이 가진 한계였고 이 한계를 극복하고자 나타난 것이 연환(連環)이란 것이다.

일초필살이 아닌 쾌속의 연환으로써 싸움의 흐름을 자신에게로 가져오는 것.

진백운이 보기에 백리세가의 추성검법은 이러한 사실에 기초한 가장 대표적인 검법이었다.

백리연의 힘이 부족해 보이는 이유도 빠름에만 너무 치중한 탓에 특유의 부드러움을 잃었기 때문이다.

추성검법은 공격에 공격을 더함으로써 자연스럽게 그 속도가 따라붙는 검법인데 백리연은 속도를 내기 위해 한순간에 너무 많은 힘을 주었고, 그 탓에 오히려 속도가 줄어들고 힘이 모자라는 문제가 노출되었다. 그리고 진백운은 그 사실을 있는 그대로 백리연에게 말해준 것이다.

문제는 백리연도 무인(武人)이라는 데에 있었다.

무공에 대한 긍지와 자존심으로 똘똘 뭉친 게 무인이다.

백리연 또한 이 범위에서 벗어날 수 없었다.

"참견이 너무 과하시네요."

진백운을 향한 그녀의 목소리에는 가시가 돋아 있었다.

'이크.'

역시 예의에 어긋났던 모양이다.

백리세가를 향한 자신의 호의(好意)가 그녀에게는 충분히 참견으로 들렸을 수도 있었던 까닭이다.

진백운은 그녀를 향해 빠르게 사과했다.

“기분이 상했다면 미안하오. 나는 그저……”

하지만 백리연이 그 말을 중간에서 끊고 들어왔다.

“괜찮아요.”

말만 괜찮지 표정은 단단히 화가 난 모습이었다.

“………”

진백운은 자신의 뒷머리를 한차례 긁적였다.

어떤 식으로 백리연의 기분을 풀어줄 수 있을까를 한번 생각해 보았지만 좀처럼 마땅한 방법이 떠오르지 않았다.

“또 할 말이 있나요?”

있을 리가.

백리연의 물음에 진백운은 고개를 가로저었다.

“그럼.”

그녀는 말을 마치며 등을 휙 돌려 이내 앞으로 걸어 나가기 시작했다.

진백운은 그 모습을 그저 멍하니 지켜볼 수밖에 없었다.

호의를 가지고 전해준 충고였지만, 백리연 입장에서 불쾌했다면 명백히 잘못은 자신에게 있었다.

“그래도 모른 척하는 것보다야 낫지.”

그러나 어쩔 수 없는 일이다.

충고하는 방식은 잘못되었지만, 반드시 그녀가 알아야만 하는 문제점이었다.

비록 자신이 욕을 먹더라도, 언젠가는 이 충고가 백리연의 목숨을 구할지도 모르기 때문이다.

마땅히 해야 할 일을 하였기에 후회는 없었다.

"그래도 다시 사과해야겠지?"

백리연이 떠난 방향을 바라보며 진백운은 중얼거렸다.

아마 시간이 지나면 그녀도 상한 감정을 풀고 자신의 사과를 받아줄 것이다.

그때, 미안함을 전하면 될 일이다.

그렇게 생각을 정리한 진백운은 다시 자신이 묵어야 할 방을 향해 천천히 발걸음을 옮겼다.

*　　　*　　　*

걸음을 옮기던 백리연은 조금 전 진백운의 말이 자꾸만 신경이 쓰였다.

빠름이란 부드럽다는 말이며 부드럽다는 것은 이어짐에 막힘이 없다는 것이오.

그리고 그와 동시에 다른 말도 머릿속에 떠오르기 시작했다.

추성(追聲)은 검에서 나는 소리가 아닌 검과 검이 부딪히는 소리란다.

처음 검을 잡았을 때 백리휘명이 자신에게 해준 말.

왜 갑자기 이 말이 진백운의 말과 함께 어우러져 생각나는지 모를 일이었다.

"휴우……."

답답한 마음에 그녀는 깊은 한숨을 내쉬었다.

어쩌면 진백운의 말이 옳을지도 모른다.

그러나 그런 뜬구름 잡는 충고는 누구나 할 수 있는 일이다. 더욱이 진백운은 외인(外人)이다.

어떻게 한번 보고 추성검법을 논할 수 있단 말인가. 말도 안 되는 일이었다.

'휘둘리지 말자.'

백리연은 속으로 생각했다.

자신을 가로막고 있는 무(武)의 벽은 스스로 넘어서야만 한다. 타인의 충고는 오히려 독(毒)이 될 뿐이다.

백리연은 생각을 정리했다.

그렇게 머릿속에서 복잡하게 꼬여 있던 무공을 잠시 털어

내자, 이번에는 다른 생각이 뒤를 이었다.

"너무 심하게 반응했나?"

자신의 반응에 난감해하던 진백운의 모습이 떠올랐다.

분명 연무를 훔쳐보고 참견을 한 그의 태도는 잘못되었지만, 자신 역시 너무 냉랭한 태도를 보였다는 생각이 든 것이다.

더군다나 진백운은 아버님의 손님으로 세가를 방문한 자이다. 그가 후원 쪽에 나타난 걸 미루어 보아, 아버님께서 특별히 별채를 내준 것 같았다. 그렇다면 근시일 내에 떠나지 않는 손님, 오래도록 머물 가능성이 높았다.

그러자 한편으로 걱정이 되었다. 만날 때마다 불편한 사이는 그녀 입장에서도 지양하는 바였기 때문이다.

'아무래도 사과를 하는 게 좋겠지?'

아무리 진백운이 잘못했을지라도 그 편이 보기 좋고 깔끔할 것만 같았다. 게다가 그는 분명히 좀 전에 미안함을 전한 상태다.

"휴."

백리연은 짧게 한숨을 쉬었다.

그가 사과할 때, 시원하게 받아들였다면 이런 걱정을 할 필요가 없었기 때문이다.

어쨌든 아버님의 손님과 불편하게 지낼 수는 없는 노릇.

"그래, 마음을 넓게 가지자, 연아!"

그렇게 백리연은 스스로에게 최면을 걸듯이 중얼거리며 이내 방으로 돌아갔다.

第二章

양호유환(養虎遺患)

"후우우."

다음 날, 아침.

진백운은 한차례 호흡을 끝으로 운기(運氣) 중이던 기를 갈무리했다.

천살공(天殺功)을 익히기 시작한 이례로, 그는 언제나 이렇게 한차례 운기조식(運氣調息)을 통해 아침을 맞이하고 있었다.

아침은 생명의 기운이 가장 활발하게 움직이는 시간이다.

그렇기에 아침에 일어나서 행해지는 운기조식은 그의 몸

안에 생명의 기운을 맘껏 꽃피우게 하였다.

일반적으로 사람들은 무공을 익힌 이가 오래 사는 이유를 무공의 영향이라고 생각한다.

물론 맞는 말이다.

하지만 진백운의 생각은 조금 달랐다.

보통 무인(武人)은 범인(凡人)보다 좋은 습관을 더 많이 가지고 있다.

그리고 진백운은 이러한 좋은 습관들이야말로 장수의 비결이라고 생각했다.

무공을 익히지 않은 평범한 사람들 중에서도 규칙적인 습관을 가진 사람들이 장수(長壽)하는 것을 볼 수 있다.

그것만 보더라도 좋은 습관이란 것이 얼마나 인간에게 중요한 것인지 알 수 있었다.

"어떻게 갚을 것인가."

운기조식을 끝낸 진백운은 뒤이어 하나의 화두(話頭)를 놓고 명상에 빠져들었다.

아침에 행하는 운기조식이 몸에 활력소를 가져다준다면 간단하게 행해지는 명상은 그의 머리를 맑게 해주는 역할을 해주었다.

그는 자신이 백리세가에게서 받은 은혜를 어떤 식으로 갚을지에 대해 한번 고민해 보았다.

어제 백리휘명은 그에게 말만이라도 고맙다면서 정중히 사양했었지만 진백운은 이런 식으로 일을 마무리 짓고 싶진 않았다.

그에겐 일이란 확실하게 처리해야 한다는 고정관념이 있었던 것이다.

"가장 필요한 것……."

진백운은 은혜를 갚기 위해선 백리세가에서 가장 필요로 하는 것을 자신이 채워줘야 한다고 생각했다.

어렸던 그가 목숨이 위급했을 당시에 가장 필요했던 것이 대환단이었고 그런 대환단을 백리세가가 주었으니 자신도 백리세가가 가장 필요한 것을 충족시켜 줘야 마땅했다.

"문제는 뭐가 필요한지 모른다는 것인데……."

가장 좋은 방법은 백리휘명이 직접 필요한 것을 얘기하는 것인데 어젯밤 그와 대화를 나눠본 결과 절대 그럴 리는 없을 것 같았다.

결국 남은 방법은 진백운 자신이 직접 백리세가에 필요해 보이는 요소를 찾거나 갑자기 백리세가에 무슨 사단이 생겨 그것을 해결하거나 하는 수밖에 없었다.

그렇다고 일부러 사단을 낼 수도 없는 노릇이니 결국엔 자신이 직접 찾아야 한다는 결론이 나왔다.

"우선 세가를 살펴봐야겠다."

생각을 정리한 진백운은 오늘부터 백리세가를 살펴보며 자신이 할 수 있는 일을 찾기로 결정했다.

똑똑.

그렇게 결론을 내렸을 때 밖에서 문을 두드리는 소리가 들려왔다.

"응?"

뒤이어 그를 부르는 목소리가 이어졌다.

"공자님, 일어나셨나요?"

맑고 앳된 여자의 목소리였다.

진백운은 간단히 겉옷을 걸치고 일어나 방문을 열었다.

문을 여니 귀엽게 생긴 소녀가 문 앞에 서서 자신을 기다리고 있는 게 보였다.

"누구십니까?"

진백운이 의문을 담아 소녀를 향해 물었다.

"세가에 계시는 동안 공자님을 모실 심청(深靑)이라 합니다."

자신의 이름을 심청이라고 밝힌 그녀가 웃으며 말했다.

'잘생겼다.'

진백운을 처음 본 그녀의 생각이었다.

극진히 모시라는 당부에 한동안 피곤하겠단 생각을 가지

고 온 그녀였지만 진백운의 얼굴을 보자마자 그러한 생각들은 저 멀리 사라지고 말았다.

열여덟, 꽃다운 나이의 그녀는 잘생긴 남자에게 약했던 것이다.

"그래? 반갑구나. 난 진백운이라고 한단다."

"그럼 진 공자님이라 부를게요."

"그러렴."

진백운의 친절함에 그녀는 미소를 지으며 말했다.

"아침을 챙겨왔어요. 필요하신 일이 있으시다면 언제든 저를 불러주시면 되고요. 일단 아침부터 드세요."

그녀는 가지고 온 보따리를 풀며 진백운에게 말했다.

챙겨온 음식들을 식탁에 올리는 심청의 얼굴엔 홍조가 만연하게 피어 있었다.

*　　　*　　　*

심청이 차려준 아침을 먹은 진백운은 백리세가를 구석구석 살펴보기 위해 밖으로 나왔다.

그는 길을 헤맬지도 모르니 자신이 직접 안내해 주겠다는 심청의 권유를 완곡히 거절하고 방을 나섰다.

"괜히 미안하네."

혼자가 편해 거절한 것이지만 실망한 듯 풀이 죽은 심청의 표정에 알 수 없는 죄책감을 느껴야만 했던 것이다.

"다음엔 그냥 안내를 맡겨야겠다."

진백운은 외동으로 자라왔었기에 여동생 같은 심청에게 자연스럽게 정이 갔다.

그렇게 생각한 진백운은 다시 발걸음을 옮기며 백리세가를 살펴보았다.

"멋지구나."

그리 크지는 않지만 고풍스런 백리세가의 건물들은 그의 감탄을 자아내게 만들었다.

세가의 건물에는 때가 끼고 흠이 깊게 패여 있었는데 이런 흔적들이 백리의 역사와 전통을 알려주고 있었다. 오래된 건물이 아니면 결코 가질 수 없는 흔적인 까닭이다.

역사와 전통은 결코 무시할 것이 못 된다.

구파일방이 무서운 이유는 여러 가지가 있겠지만 그 역사가 너무 깊다는 이유가 가장 크다고 할 수 있다.

결국 세월이 지나는 동안 내려져 온 역사와 전통은 저력(底力)이란 것으로 쌓이는 게 세상의 이치였다.

진백운은 백리세가의 건물들을 보면서 비록 지금은 그 위세가 한풀 꺾인 백리(百里)라지만 언젠가는 무림에서 다시 손에 꼽을 수 있는 세가가 될 것이라 확신했다.

물론 그러기 위해선 세가 사람들의 피나는 노력이 밑받침
되어야 하지만 말이다.

그렇게 후원에서부터 내원까지 세가를 둘러보던 진백운의
발걸음은 한 여인과의 만남으로 인해 멈추게 되었다.

"일찍 일어나셨네요."

진백운과 마주친 백리연이 공손하게 머리를 숙여 보이며
인사를 건넸다.

"아, 소저. 안녕하셨소?"

진백운이 그 인사를 어색하게 받았다.

어젯밤, 다시 생각해 보니 그녀의 무공에 대한 참견은 괜한
오지랖이었다는 결론이 나왔기 때문이다.

진백운은 혹시나 그녀가 기분이 나빴다고 말한다면 진심
으로 사과해야겠다고 생각했다.

그러나 백리연이 먼저 선수를 쳤다.

자신의 예상과는 전혀 다른 반응이 그녀에게서 나왔던 것
이다.

"어제는 고마웠어요."

"아, 예……."

자신의 예상과는 사뭇 다른 백리연의 반응에 진백운은 다
시 한 번 어색한 표정으로 그 인사를 받았다.

"미안함의 표시로 제가 세가를 안내해 드리고 싶은데 괜찮

으신가요?”

“아, 예…….”

그는 바로 이어지는 그녀의 제안에 저도 모르게 고개를 끄덕이고 말았다.

“그럼 이쪽으로…….”

백리연은 그렇게 말을 마치며 먼저 앞장섰다.

‘거참…….’

진백운은 잠시 멍하니 서서 자신의 뒷머리를 긁적거렸다.

자꾸만 이 여인의 흐름에 말리고 있는 자신이 어색하게 느껴졌던 것이다.

“안 오세요?”

멍하니 서 있는 진백운을 돌아보며 그녀가 말했다.

“가, 가오.”

그는 황급히 대답하고는 서둘러 백리연의 뒤를 따라 붙었다.

＊　　　＊　　　＊

백리연의 안내를 받기 시작한 지 얼마 되지 않아 진백운은 미처 거절하지 못한 자신을 후회했다.

어색한 침묵이 두 사람 사이를 계속해서 맴돌고 있었기 때문이다.

그녀는 필요한 말 이외에는 하지 않았고 덩달아 진백운도 꿀 먹은 벙어리 신세가 되고 있었다.

진백운은 몰랐던 사실이지만 사실 그녀는 강호에 빙면화(氷面花)라는 별호로 더 잘 알려진 여자였다.

아름다운 외모와는 달리 항상 차가운 표정을 짓고 있는 백리연을 보며 강호 사람들은 '차가운 얼굴을 가진 아름다운 꽃'이라는 의미를 담아서 그녀를 빙면화라고 불렀던 것이다.

진백운이 조금이라도 무림에 관심을 가졌다면 그 소문을 미리 접할 수 있었겠지만 불행히도 그는 자신의 가업(家業) 이외에는 그 어떤 것에도 관심이 없었다.

그리고 그러한 진백운의 무관심(無關心)은 지금처럼 두 사람 사이에 어색한 침묵만을 남겼다.

세상에서 가장 좋지만 또한 가장 어색해지기 쉬운 사이가 바로 남녀 사이라 하지 않는가.

특히나 백리연처럼 차가운 여인의 태도는 남자의 자신감을 바닥으로 떨어뜨리게 마련이다.

무공이 아무리 강한 진백운이라도 이러한 세상의 이치에는 어쩔 도리가 없었다.

남녀 사이란 그만큼 오묘한 것이었다.

그렇게 두 사람은 한참을 아무 말 없이 같이 걸어 다녔다.

간간이 세가에 대해 백리연이 설명해 줄 때 빼고는 다른 사적인 대화는 없었다.

그렇게 두 사람 사이에 맴돌던 어색한 침묵은 내원 귀퉁이를 돌아들어 가면서야 잠시 사라졌다.

"에라이! 썅!"
챙그렁.

한 줄기 욕지거리와 함께 검을 내팽겨 치는 소리가 두 사람의 귀에 들렸던 까닭이다.

"응?"

그 소리에 진백운은 고개를 갸웃거렸고 백리연은 한숨을 크게 내쉬었다.

진백운은 그녀의 반응으로 보아 그동안 이런 일이 자주 있었다는 사실을 알 수 있었다.

백리연이 진백운을 향해 말했다.

"죄송하지만 다음에 다시 안내해 드릴게요."

그는 속으로 굳이 그럴 필요는 없다고 말하고 싶었지만 지금 같은 상황에 할 말은 아닌 것 같아 튀어나오려던 그 말을 애써 바꿨다.

"아, 뭐, 그러시오."

“그럼.”

살짝 고개를 숙여 미안함을 표시한 그녀는 소리가 난 방향을 향해 서둘러 발걸음을 재촉했다.

“후우.”

진백운은 멀어지는 백리연의 뒷모습을 보면서 더 이상 어색함을 느끼지 않아도 된다는 사실에 짧게 안도의 한숨을 내쉬었다.

그는 조용히 혼자 둘러볼 생각으로 발걸음을 돌렸다. 그러나 돌아선 방향으로 걸어가던 진백운의 신형은 몇 걸음도 채 가지 못해 멈춰 섰다.

“에휴, 이놈의 호기심, 이놈의 오지랖은 병이다, 병!”

자신의 머리를 쥐어박으면서 중얼거리던 그는 다시 몸을 돌려 백리연이 향한 방향을 쳐다보았다.

결국 어느새 그는 그 방향대로 털레털레 한 발자국씩 자신의 걸음을 옮기고 있었다.

*　　　*　　　*

“단주. 거, 적당히 좀 합시다, 적당히!”

“뭐, 뭐라고?!”

내원의 귀퉁이를 넘어 연무장으로 들어선 백리연은 두 사내가 언쟁(言爭)을 벌이고 있고 그 주위를 한 무리의 사내들이 동그랗게 둘러싸고 있는 광경을 목격했다.

"무슨 일이냐?!"

그녀가 앞으로 걸어 나서며 소리쳤다.

그녀의 등장에 동그랗게 모여 있던 사내들이 길을 비켜서기 시작했다.

"누님!"

한창 언쟁을 벌이고 있던 사내 중 한 명이 백리연의 등장에 반가운 표정을 지어 보였다.

백리연의 남동생인 백리후였다.

"무슨 일이냐고 물었다."

그러나 백리연은 동생의 반가운 표정을 뒤로 한 채 냉정한 말투로 사건의 자초지종을 요구했다.

"그것이 이놈들이……."

백리후는 고조된 음성으로 그녀의 질문에 대답하려고 했다. 그러나 그의 말은 계속해서 이어지지 못했다. 한창 백리후와 언쟁 중이던 사내가 도중에 끼어들었기 때문이다.

"아가씨, 정말 너무합니다."

"이, 이놈이?!"

사내는 밑도 끝도 없이 서운함부터 표현했다. 이에 기가 찬 백리후가 반격하려 했지만 그럴 수 없었다. 백리연이 이를 저

지했기 때문이다.

"후야, 일단 진정해라."

그녀는 백리후를 능숙하게 달래며 이내 침착한 말투로 사내를 향해 물었다.

"그래, 무엇이 말이냐?"

백리연의 질문에 사내는 한껏 더 억울한 표정을 지어 보이며 대답했다. 그러나 표정만 억울해 보일 뿐이었다. 그는 주위를 둘러보며 당당하게 말했다.

"단주의 마음은 충분히 이해할 수 있으나 그 정도가 너무 지나치십니다. 저희도 사람입니다. 때로는 쉬어야 하지 않겠습니까? 이건 뭐 소나 말 같은 짐승 대하듯 하시니……."

그 말에 모여 있는 사내들도 동조하는 듯 웅성거리기 시작했다. 이에 백리후가 미치겠다는 듯이 펄쩍 뛰며 항변했다.

"그건 너희가 너무……."

"그만!"

그러나 그의 항변은 또다시 백리연에 의해 저지당했다.

"누님!"

백리후가 억울하다는 표정을 지어 보이며 백리연을 향해 소리쳤다.

그러나 그녀는 동생의 외침을 무시했다. 흥분하면 사리판단이 약해진다는 사실을 알고 있기 때문이었다.

백리연은 침착한 목소리로 다시 사내에게 질문했다.

"그래서 단주에게 항명(抗命)을 한 것이냐?"

"항명이라뇨? 저희는 그저 저희의 입장도 좀 이해해 달라 부탁드렸을 뿐입니다."

사내는 끝까지 억울하다는 표정을 지어 보였다. 그러나 표정과는 다르게 여전히 할 말은 다하고 있었다. 또한 언성은 점점 높아지고 있었다.

그런 사내의 태도에 백리연은 아랫입술을 잘끈 깨물었다.

비록 직접 보진 않았으나 그녀는 누구의 잘못으로 이런 일이 일어났는지 뻔히 알 수 있었다.

왜냐하면 이런 경우가 한두 번이 아니었기 때문이다.

'이들이 어찌 추성비룡단(追聲飛龍團)의 이름을 이을 수 있단 말인가.'

결국 한순간의 잘못된 선택이 이런 결과를 낳고야 말았다.

상처에 약을 발랐으면 아물 때까지 충분한 시간이 필요한 법이다. 그런데 차도가 보이지 않자 조급한 마음에 좋다는 약을 마구 사서 발라 버린 것이다.

그리고 그렇게 무리하게 바른 약(藥)은 독(毒)이 되어 백리세가 내부를 갉아먹기 시작했다.

과거에 그녀가 한 결정은 잘못된 약이었다.

천마성에 의해 전멸에 가까운 피해를 입은 추성비룡단을

다시 복구시키기 위해 그녀는 주위의 반대에도 불구하고 무모한 결정을 내린 것이다.

또한 당시 백리휘명은 상처를 입은 채 누워 있었다. 이러한 백리휘명의 모습은 그녀를 더 조급하게 만들었다.

결국 백리연은 추성비룡단의 전면적인 개혁을 시도했다. 당시 가주 대리였던 그녀는 추성비룡단만이 백리세가를 상징할 수 있는 유일한 단체라고 생각한 것이다.

물론 틀린 생각은 아니었다.

그러나 어린 백리연이 몰랐던 사실이 있었다. 백리휘명이 정신이라도 차렸으면 이 사실을 알려줬겠지만 불행히도 당시 그는 몸져누워 있었다.

그녀가 몰랐던 사실, 그것은 이전의 추성비룡단이 백리세가를 상징할 수 있었던 진짜 이유였다.

추성비룡단이 백리세가를 상징할 수 있었던 진짜 이유. 그것은 바로 백리(百里)를 향한 깊은 충심(忠心)과 백리에 대한 자부심이었던 것이다.

그러나 당시 어렸던 백리연은 추성비룡단의 이름에만 집착했고, 결국 억지로라도 추성비룡단을 만들기 위해 세가의 돈을 끌어모았다.

그리고 그녀는 그 돈으로 젊은 낭인(浪人)을 대거 모집했던 것이다.

그렇게 해서 끌어들인 낭인들에게 추성비룡단이란 이름을 주고 추성비룡단의 상징인 비룡검법(飛龍劍法)을 전수해 줬으며 훈련으로 고생하는 그들을 위해 아낌없는 투자를 쏟아붓기 시작했다.

물론 처음에는 그녀의 계획대로 착착 진행되는 듯 보였다.

그러나 상처에 바른 약이 독이 됐다는 사실은 오랜 시간이 지난 후에서야 비로소 알 수 있었다.

새로 들어온 추성비룡단원들이 기존의 단원들과 마찰을 일으키기 시작한 것이다. 어느 단체에서나 존재한다는 신(新)세력과 구(舊)세력 간의 알력다툼이었다.

결국 과반수를 넘게 차지하는 신세력의 바람대로 기존의 단원들이 추성비룡단을 떠나게 되었다. 백리세가 입장에서는 어쩔 수 없는 결정이었던 것이다.

하지만 그것이 또 실수였다. 한번 기세를 탄 신생 추성비룡단은 끊임없이 백리세가를 향해 갖가지 요구를 해왔고 때로는 자신들의 요구가 이행되지 않으면 세가를 떠날 것이란 협박도 서슴지 않았다.

결국 백리세가 입장에선 그동안 쏟아부었던 막대한 돈과 노력이 아까워서라도 그들의 요구를 들어줄 수밖에 없었다.

양호유환(養虎遺患)이라고 집안에 범을 길러 스스로 화근을 자초한 꼴이었다.

“그래서 너희가 후에게 말한 입장이 정확히 무엇이냐?”

불같이 일어나는 화를 억지로 다스리며 백리연이 사내를 향해 물었다.

그 질문에 사내는 당당한 말투로 대답했다.

“훈련 시간을 좀 줄여달라 부탁드렸을 뿐입니다.”

“후야.”

사내의 말을 들은 그녀가 동생의 이름을 불렀다.

“네, 누님.”

그녀가 백리후를 향해 물었다.

“훈련 시간을 늘렸더냐?”

“아닙니다, 항상 준수하여 왔고 지금은 훈련 시간이 채 끝나지도 않았습니다.”

“…….”

백리연은 동생의 대답에 할 말을 잃었다. 이내 그녀가 사내를 노려보기 시작했다.

그녀와 눈이 마주친 사내는 자신이 생각해도 민망했던지 휘파람을 불며 딴청을 피웠다.

비단 사내뿐만이 아니었다. 추성비룡단 전원이 그녀의 눈을 피했다.

그러나 앞으로 나서지 않았을 뿐. 모두들 사내의 의견에 동조하는 분위기를 만들었다.

'날강도 같은 놈들…….'

그녀는 속으로 이를 갈았다.

지금도 추성비룡단의 훈련 시간은 두 시진(4시간)이 채 안 되는 실정이다.

무림에 그 어떤 문파가 이렇게 훈련을 한단 말인가. 강해질 욕망이 있는 자들이라면 반나절을 해도 모자라는 게 무공 수련이었다.

만약 이들이 그만큼 돈을 적게 받는다면 그녀도 딱히 할 말은 없었겠지만 그건 또 아니었다. 오히려 시간이 갈수록 더 많은 돈을 요구하는 추성비룡단이었다.

그녀는 백리후가 왜 그리도 열을 올렸는지 알 것만 같았다. 단주의 명령에 불복하는 단원들, 그것도 모자라 단주에게 훈련 시간을 줄이라는 명령까지 내린다.

주객(主客)이 완전히 전도(顚倒)된 것이다.

"지금도 두 시진밖에 안 되지 않으냐?"

백리연은 애써 화를 참으며 물었다.

하지만 이번에도 사내는 당당하게 주장했다.

"대신 훈련 강도가 너무 높지 않습니까, 시간이라도 줄여 주셔야죠."

"……."

그녀는 할 말을 잊었다. 대체 무엇이 높다는 말일까? 점점 뱃살만 늘어가는 자들의 입에서 나올 소리는 결코 아니었다.

사내가 계속해서 말했다.

"그렇게 무리한 부탁도 아니지 않습니까? 저희도 그동안 많이 참아왔습니다. 허나 계속 이러시면……."

얼굴에 철판을 깔며 말하던 사내는 살짝 뒷말을 흐렸다. 그러나 세 살배기 어린아이라도 그 뒷말을 짐작할 수 있었다.

백리세가를 떠날 것이다.

결국 추성비룡단은 또다시 백리세가를 향해 협박의 칼을 꺼내들었다.

'분하지만, 지금은……'

그녀는 속으로 참고 또 참았다.

아무리 개차반 같은 추성비룡단일지라도 지금 백리세가에는 반드시 필요한 단체였던 까닭이다. 만약 지금 당장 이들이 사라진다면 백리세가는 진짜 종이호랑이 신세로 전락할 것이다.

가뜩이나 철검문(鐵劍門)을 필두로 인접한 중소문파들이 백리세가의 이권을 호시탐탐 노리고 있었다. 아니, 사실 빠른 속도로 부상(浮上)하는 철검문에 이미 상당히 많은 이권을 내준 백리세가이다.

결국 아쉬운 쪽은 백리연과 백리세가였다.

'어쩔 수 없어……'

그녀의 대답은 이미 정해져 있었다. 연인 사이와 마찬가지다. 아쉬운 쪽이 붙잡는 게 세상의 이치.

결국 그녀는 추성비룡단의 요구를 적당한 선에서 들어주기로 마음의 결정을 내렸다. 그러나 이러한 결정은 마음속에서만 머물렀을 뿐 입 밖으로 튀어나오진 못했다.

다른 목소리가 먼저 선수를 쳤던 까닭이다.

＊　　　＊　　　＊

"지랄하고 자빠졌네."

듣다 못한 진백운이 앞으로 나서며 욕을 내뱉었다.

차마 예상치 못한 등장이었다.

"지, 진 공자!"

이에 당황한 백리연이 그의 이름을 불렀다.

그러나 그녀의 부름에도 진백운은 대답하지 않았다. 다만 사내를 향해 한 걸음씩 다가갈 뿐이었다.

"어이, 돼지. 다시 한 번 말해봐."

이윽고 사내의 전면(前面)에 이른 진백운이 말했다. 그의 목소리는 낮았는데 그 안에는 사내를 향한 경멸이 섞여 있었다.

"허!"

어이가 없어진 사내는 헛웃음을 내뱉었다.

'다 된 밥에 재 뿌리는 것도 모자라……'

돼지라니. 비록 요즘 조금 찌긴 했지만 그래도 명색이 무사다. 탄탄한 근육은 여전히 몸속에 자리하고 있었다. 칼밥 먹은 지 이삼십 년. 맹세코 돼지라는 소리는 처음 들어보는 말이었다.

"지금 뭐라 했소?"

속에서 끓는 화를 간신히 참으며 사내가 물었다. 일단은 참는 게 이득이라는 판단이 들어서였다.

개를 잡고자 개가 되는 건 자신에게 손해일 뿐이었다. 또한 상대의 정체를 모르는 상태에서 무턱대고 칼을 휘두르는 건 더 손해였다. 그때는 정말 백리세가를 떠나야 하기 때문이다.

물론 언제든지 떠날 수 있다. 그러나 되도록이면 오랫동안 백리세가에서 호의호식(好衣好食 : 좋은 옷을 입고, 좋은 음식을 먹는다, 편안하게 산다는 뜻)하며 살고 싶은 게 솔직한 심정이었다.

"어이, 돼지. 다시 말해보라고 했다."

그의 바람대로 진백운이 다시 말해주었다.

"뭐, 뭐요?!"

사내는 너무 기가 차 말까지 더듬었다. 그런 사내를 보며 진백운이 계속해서 말했다.

"놀고먹을 생각만 하니 그 모습이 영 돼지 같아서 말이야. 그거 알아? 니들은 소나 말도 못 돼. 왜냐면 그놈들은 말이라도 잘 듣거든. 큭."

그러면서 그는 사내를 향해 냉소(冷笑)를 지어 보였다.

백리연은 그 모습을 보면서 마치 십 년 묵은 체증이 한 번에 내려가는 듯한 느낌을 받았다.

그토록 하고 싶었던 말, 그러나 차마 하지 못했던 그 말을 지금 진백운이 대신해 주고 있었다.

'대체 어쩌려고……'

그러나 한편으로는 또 걱정이 되었다.

만약 일이 잘못돼서 추성비룡단이 세가를 떠난다면. 생각만으로도 끔찍한 일이었다.

그녀는 이쯤에서 진백운을 말리고 추성비룡단의 요구를 적당한 선에서 들어줘야겠다고 생각했다.

진백운을 향해 그녀가 말을 꺼냈다.

"저기, 진 공자? 여기는 제가 알아서……."

그러나 그녀의 말은 계속 이어질 수 없었다. 진백운이 낮은 목소리로 말을 잘랐기 때문이다.

"소저, 가는 말이 고우면 우습게 보는 법이오."

"……."

뭔가 뒤틀린 구석이 있긴 했지만 어딘가 묘하게 설득력을 가지는 말이었다.

진백운에게 돼지라는 소리를 들은 사내는 기가 막혀 아무 말도 나오지 않았다.

이내 정신을 차린 사내가 진백운을 노려보며 말했다. 또한 사내의 말투도 이미 하대로 바뀌어 있었다.

"어디서 굴러먹던 놈이기에 남의 집에 와서 이리도 횡포를 부리는 것이냐?"

단 한마디로 명분을 만들어내는 그의 화술은 뛰어났다.

졸지에 진백운을 남의 가정사(家政事)에나 참견하는 파렴치한으로 만들어 버린 것이다.

그러나 진백운은 당황하지 않고 여전히 냉소를 지은 채 사내를 향해 되물었다.

"그러는 너는 어디서 굴러먹던 놈이냐? 보아하니 백리세가의 사람은 아닌 것 같은데?"

그의 말은 사내가 백리세가의 구성원으로서는 자격이 없다는 의미였다. 그러나 사내의 우둔한 머리는 차마 그 숨은 뜻까진 헤아릴 수 없었다.

그는 우쭐한 표정으로 진백운을 향해 소리쳤다.

"흥, 굴러먹다니? 이 몸이 바로 백리세가 추성비룡단 부단주 양무철(楊武鐵)이시다!"

그는 자신이 엄연히 백리세가 소속이라는 사실을 밝혔다.

진백운이 외인(外人)이란 점을 인식시켜 자신의 명분에 힘을 싣기 위한 심산이었다.

그러나 그것이 오히려 덫이 되었다.

양무철의 말을 들은 진백운이 주위를 둘러보며 외쳤다.

"그럼 여기 단주는 누구요?"

순간 정적이 흘렀다.

진백운의 외침에 추성비룡단 전원이 한순간에 꿀 먹은 벙어리가 되어버렸다.

진백운이 다시 한 번 말했다.

"설마 단주는 없는 것이오?"

그 말에 한쪽에 있던 백리후가 엉겁결에 자신의 손을 들어 올리며 대답했다.

"내, 내가 단주요."

그런 백리후를 바라보며 진백운은 미소를 지은 채로 다시 질문했다.

"아랫것들 하고는 더 이상 말을 섞고 싶지 않으니 내 단주에게 묻겠소. 단주께서는 내가 지금 횡포를 부린다고 생각하시오?"

진백운은 그 질문으로 추성비룡단의 단주와 단원 사이의 경계를 확실하게 그어버렸다.

"그, 그건……."

그러나 백리후는 감히 쉽게 말할 수 없는지 바로 대답하지 못했다.

진백운의 질문이 당황스러웠던 그는 옆에 서 있는 백리연을 쳐다봤다. 어렸을 적부터 아버지의 난감한 질문이 있을 때면 누이가 대신 답을 해주었기 때문이다.

"왜 연 소저의 눈치를 보시오? 분명 추성비룡단의 단주는 그대라고 했잖소."

진백운은 눈치를 보는 백리후의 잘못을 직접 꼬집었다. 안 좋은 버릇이다. 한번 눈치를 보기 시작하면 삶이 수동적으로 변한다. 타인을 너무 의식하기 때문이다. 그렇게 되면 절대 행복한 삶을 살 수가 없다. 백리후의 인생을 위해서라도 직접적으로 잘못을 꼬집어줄 필요가 있었다.

진백운이 계속해서 말했다.

"혹시 추성비룡단의 단주는 허울만 좋은 감투일 뿐이오? 뭐, 그렇다면 이 상황이 이해가 가오만……."

그 말에 백리후는 오기가 생겼다. 자신은 추성비룡단의 단주였다. 그리고 추성비룡단의 단주는 절대 허울만 좋은 감투가 아니었다.

백리후가 당당한 표정으로 말했다.

"절대 그렇지 않소."

이에 진백운이 미소 지으며 다시 물었다.

"그럼 단주의 생각을 한번 말해보시오. 여기 단주의 의견에 반박할 이는 아무도 없지 않소."

"……."

백리후는 잠시 아무 말도 할 수 없었다. 그렇다. 단주(團主)는 단(團)의 주인(主人)이다. 또한 이곳은 추성비룡단의 연무장이었다. 그렇다면 이곳의 주인은 단주인 자신이어야 한다.

순간, 백리후는 정신이 번쩍 들었다. 그동안 주객(主客)이 전도되었던 까닭은 어쩌면 자신에게 있을지도 몰랐다. 이제야 자신이 이곳의 주인이라는 사실을 깨달았기 때문이다.

'그동안 세가가 힘이 없는 게 문제라 생각했는데…….'

백리후는 눈을 감으며 속으로 생각했다. 문제는 자신에게 있었다. 단원들을 이끌지 못하는 단주, 힘들 때마다 누이를 찾아가는 동생, 무엇보다 단주가 돼서 어떤 결정도 내리지 못하는 자신이 문제였던 것이다.

'지금부터라도 변해야만 한다.'

그는 감았던 눈을 천천히 떴다. 그의 눈빛은 좀 전과는 달라져 있었다. 확고한 의지를 불태우는 눈빛이었다.

*   *   *

‘돌아가는 분위기가 심상치 않다.’

두 사람의 대화를 들으면서 양무철은 자신의 엄지손톱을 잘근 깨물었다.

그는 진백운을 노려봤다.

‘이 모든 게 저놈 때문이다. 저 잡놈이 거의 넘어온 흐름을 다 망쳐 버렸어.’

이미 명분 싸움에서는 자신이 졌다.

자신의 명분이 ‘외인은 세가 일에 함부로 참견하지 마라’는 것이었다면 진백운은 영악하게도 이런 명분을 세웠다. ‘이곳의 주인은 단주인 백리후이다. 그러니 단주의 말에 따르자.’

결국 진백운이 한 수 높은 셈이었다. 참견하든 말든 그건 단주의 대답 여하에 따라서 바뀌는 것이기 때문이다.

양무철은 분하지만 어쩔 수 없었다. 그가 할 수 있는 일은 백리후의 대답을 기다리는 일밖에 없었던 것이다.

그러나 명분 싸움에서 졌다고 해도 달라질 것은 없었다. 백리후의 대답은 정해져 있기 때문이다. 혹시나 예상했던 대답이 아닐지라도 상관은 없었다. 백리세가를 떠난다는 협박의 칼은 언제나 날카로웠기 때문이다.

양무철은 주위에 있는 단원들을 바라봤다.

"떠난다 했는데 진짜 떠나라 하면 어떡하지?"

"그럼 진짜 떠나면 되지. 그동안 돈도 많이 벌었잖아."

"그렇지? 하하하."

"그럼. 하하하."

그는 눈짓으로 단원들과 서로의 뜻을 주고받았다. 만약 협박의 칼이 먹히지 않는다면 진짜 실행에 옮기면 그만인 일이다. 언제나 손해 보는 쪽은 자신들이 아닌 백리세가 쪽이었기 때문이다.

'애송이 단주, 부디 잘 대답하길 바라오.'

양무철은 속으로 그렇게 생각하며 백리후의 대답을 기다렸다.

"단주, 말해보시오. 지금 내가 횡포를 부리고 있는 것이오?"

진백운이 거듭 백리후의 의견을 물었다.

"나는……."

백리후가 천천히 입을 열기 시작했다.

연무장에 있는 모두의 시선이 그에게로 쏠렸다. 추성비룡단 전원이 백리후의 다음 말을 기다리고 있었다.

'그래, 단주로서의 네 생각을 들어보고 싶구나.'

그것은 백리연 또한 마찬가지였다. 그녀도 이번만큼은 동생의 의견을 듣고 싶었던 것이다.

백리후는 잠시 하늘을 올려다보았다. 그리고 이내 결정을 내렸는지 주위를 한차례 둘러보며 말을 이었다.

"횡포라 생각하지 않소. 문제는 우리 추성비룡단에 있었소."

백리후의 음성은 단호했다.

그리고 이 말을 들은 사람들의 반응은 천차만별, 각양각색이었다.

진백운은 흐뭇한 표정을 지었고, 백리연은 생각을 정리하려는 듯 눈을 감았으며, 양무철을 포함한 대부분의 추성비룡단원은 얼굴을 붉히며 노기(怒氣) 띤 모습을 보였다.

백리후가 다시 천천히 또박또박 말을 이어나갔다.

"오히려 공자에게 감사할 따름이오."

그러면서 진백운을 향해 그는 가벼운 목례로 고마움을 표시했다.

그 모습을 보다 못한 양무철이 앞으로 나섰다.

"단주, 다시 생각하고 말하는 게 어떻소?"

그의 말은 권유가 아닌 협박, 최후통첩이었다. 번복하지 않으면 백리세가를 떠날 것이라는 의미를 담은 말이었다.

그러나 백리후는 오히려 양무철을 똑바로 쳐다보며 자신의 의지를 표명했다.

"미안하지만 내 생각엔 변함이 없다. 이전부터 문제는 추성비룡단에 있었고 비록 많이 늦었지만 이제부터라도 나는 그 문제를 바로 잡을 생각이다."

백리후는 더 이상 추성비룡단에게 끌려다니지 않겠다는 입장을 확고히 밝혔다.

양무철은 백리후의 생각이 확고하다는 것을 알 수 있었다. 이제 더 이상 단주에게는 그 어떤 말도 통하지 않을 것 같았다.

그는 고개를 돌려 백리연을 쳐다봤다. 그러나 그녀도 단주의 생각에 동조하는 듯 그저 아무 말 없이 서 있을 뿐이었다.

양무철은 백리 남매의 반응을 통해 아쉽더라도 이제는 백리세가를 떠나야 할 때임을 직감할 수 있었다.

그러나 아무리 따져봐도 추성비룡단과 자신이 손해 볼 건 아무것도 없을 것 같았다.

그는 다른 단원을 둘러보았다. 역시나 모두들 자신과 같은 생각인지 동조의 뜻을 눈짓으로 보낸다.

모두의 의견을 받아들인 양무철이 백리세가를 향해 소리쳤다.

"그렇다면 현 시간부로 우리는 백리세가와는 다른 길을 걷겠소. 이제부터 추성비룡단은……."

예정된 결과였을까? 백리연과 백리후는 체념한 듯 눈을 감왔다. 그리고 그 뒤에 이어질 말을 기다렸다.

양무철이 단호한 음성으로 계속 말했다.

"…백리세가에 없을 것이오!"

명백한 탈퇴 선언. 애써 키운 호랑이가 주인을 물고 다시 산속으로 돌아가는 순간이었다.

第三章
일벌백계(一罰百戒)

양무철의 선언에 나머지 추성비룡단원도 고개를 끄덕이며 동조의 뜻을 내비쳤다.

그들은 양무철의 뒤에 따라붙으며 모두가 한뜻임을 밝히고 있었다.

'후우······.'

백리연은 그 모습을 보면서 속으로 깊은 한숨을 몰아쉬었다. 예상은 했지만 그래도 씁쓸한 마음이 드는 건 어쩔 수 없는 일이었다. 배은망덕(背恩忘德)이란 표현은 아마도 이럴 때 쓰라고 만들어놓은 것 같았다.

백리후 역시 착잡한 심정으로 떠나려는 추성비룡단을 지켜봤다. 그리고 그런 백리 남매를 향해 양무철이 말했다.

"이제 와서 후회해도 소용없소."

그는 득의양양한 표정을 짓고 있었다.

처음부터 승자(勝者)는 정해져 있었고, 그리고 그 승자는 다름 아닌 자신들이었기 때문이다.

그러나 연무장에는 양무철이 예상 못한 인물이 한 사람 있었다.

진백운이다.

그는 피식 웃으며 앞으로 나섰다.

"그런데 말이야……."

진백운이 앞으로 나서며 말하자 모두의 시선이 다시 그에게로 쏠리기 시작했다.

잠시 말을 끊은 그는 모두를 훑어본 뒤, 이내 계속해서 말을 이었다.

"들어올 땐 마음대로 들어올 수 있어도 나갈 땐 마음대로 못 나가는 곳이 무림(武林)이지 않아?"

"또 무슨 헛소리냐?"

양무철은 짜증이 섞인 말투로 그를 향해 으르렁거렸다.

그러나 진백운은 태연한 표정을 지으며 답할 뿐이었다.

"명백한 계약 위반이라고. 나가는 건 좋은데 받은 건 다 토

해내고 가야지. 그게 인지상정이지, 안 그래?"

"뭐, 뭐라?"

그 말에 양무철이 어이없다는 표정을 지었다.

그러나 진백운은 그런 양무철에게는 관심도 주지 않고 고개를 돌려 백리후를 바라봤다.

그리고는 곧바로 물었다.

"단주, 궁금한 게 있는데 말이오. 추성비룡단에선 임의로 그 단원이 탈퇴할 시에는 어떤 징계를 받게 되어 있소?"

순간, 또 한 번의 정적이 연무장을 맴돌았다.

그도 그럴 것이 진백운이 지금 하는 말은 무림의 관습을 언급하는 말이었기 때문이다.

무림에 존재하는 그 어떤 문파(門派)에서도 한번 문파에 속한 이들에게 임의적인 탈퇴를 허락하지 않는다.

그 이유는 문파 특유의 절기(絶技)와 비전(秘傳)이 외부로 유출되는 것을 꺼리는 까닭이다.

각 문파에서 내려오는 절기와 비전들은 그 문파의 생명이나 다름없는 것. 그렇기에 무림의 대부분 문파에서는 죄를 짓고 도망친 자들의 목숨을 취하거나 무공을 전폐하는 법(法)을 통해 이를 방지하고 있었다.

그리고 지금 진백운은 이러한 무림의 관습을 모두에게 환기시키고 있는 것이다.

이에 진백운의 의미를 알아차린 백리후가 빠르게 대답했다.

"사지근맥(四肢筋脈)을 자르고 가진 모든 내공을 폐하게 되어 있소."

비룡검법의 유출을 방지하기 위한 백리세가의 법이었다.

백리후의 대답에 진백운이 의미심장한 미소를 지으며 말했다.

"아, 그러면 오늘 이들은 폐인이 되는 것이오?"

백리후가 빠르게 답했다.

"그렇소."

대답을 들은 진백운은 다시 고개를 돌려 양무철을 바라봤다.

그리고는 피식 웃으며 말을 이었다.

"자알~ 들었지? 니들 오늘 폐인 된단다. 뭐, 이제 와서 후회해도 소용없겠지만."

"……."

양무철이 그 말에 할 말을 잃었다.

조금 전 추성비룡단이 백리세가를 향해 탈퇴 선언을 했다면 진백운은 그들에게 사형 선고를 내린 셈이었다.

*　　　*　　　*

“…….”

어이가 없어진 양무철은 잠시 멍한 표정을 지으며 자리에 서 있었다. 그렇게 서 있던 그는 이내 화가 치밀어 오르는 기분을 느꼈다.

챙!

“감히!”

챙. 챙. 챙.

화가 난 양무철이 자신의 검을 뽑으며 소리치자 그 뒤에 있던 나머지 단원들도 각자의 검을 뽑아 들었다. 반항의 의지를 표명한 것이다.

그 모습에 백리연도 가만있지 않았다.

감히 자신의 앞에서 검을 뽑아 드는 배은망덕한 추성비룡단의 횡포를 더 이상은 좌시할 수 없었기 때문이다.

삐이익―

그녀는 품에서 호각을 꺼내 힘껏 불렀다.

이제 반각(대략 6~7분)이면 세가의 있는 모든 무사들이 이곳으로 모여들 것이다.

“아가씨, 정녕 후회 안 할 자신 있으십니까?”

양무철이 그런 백리연을 보며 나지막한 목소리로 물었다.

명색이 백리세가에서 제일 강하다는 추성비룡단이었다.

만약 서로 피를 볼 경우가 생기더라도 더 큰 피해를 입는 쪽은 백리세가 쪽이었다.

게다가 철검문을 필두로 한 중소문파들을 의식하지 않을 수 없는 백리세가이다. 추성비룡단이 빠지고 부상자들마저 속출한다면 어떻게 될지 모르는 일이다.

결국 어떤 결과가 나오든 언제나 손해 보는 쪽은 백리세가일 뿐이었다.

백리연이 짤막하게 대답했다.

"후회한다."

그 대답에 양무철은 승자의 미소를 한차례 지어 보였다.

하지만 그 미소는 이어지는 백리연의 말에 의해서 처참히 구겨질 수밖에 없었다.

"진작 이렇게 못한 나를."

"……."

양무철은 더 이상의 말은 쓸모없다는 사실을 깨달았다. 결국 답은 서로 검을 맞대는 것뿐이다. 가만히 앉아서 무공을 전폐당할 수는 없는 노릇이기 때문이다.

그는 세가의 무사들이 닥치기 전에 먼저 선공(先攻)을 취하기로 마음을 먹었다.

"결국……. 어쩔 수 없군요."

양무철이 검으로 곡선을 그려내며 검법의 기수식을 취했다.

그와 함께 백리세가를 대표한다는 비룡검법(飛龍劍法)이
그 모습을 드러냈다.

착. 착. 착.

비단 양무철뿐만이 아니었다. 그의 뒤에 있던 추성비룡단
전원이 비룡검법을 펼칠 준비를 하기 시작했던 것이다.

'속전속결이다.'

양무철은 속으로 빠르게 백리 남매를 뚫고 세가를 나갈 생
각을 했다.

결정이 내려지자마자 그는 바로 행동으로 옮겼다.

파앗.

그의 신형이 쏜살같은 속도로 백리연을 향해 날아갔다.

*   *   *

캉.

그러나 백리연을 향해 날아간 양무철의 검은 중간에 가로
막힐 수밖에 없었다.

그 이유는 진백운이 그 앞을 막아섰기 때문이다.

"이노옴!!"

순간, 분통이 터진 양무철이 진백운을 향해 고함을 질렀다.

처음부터 끝까지 자신을 방해하는 이놈의 낯짝이 꼴도 보

기 싫었던 까닭이다.

그러나 양무철의 검을 막고 있는 진백운은 여전히 태연자약한 모습이었다.

그가 태연한 목소리로 말했다.

"미안한데 시간이 없어서 말이지."

"뭐?"

그 말에 양무철은 어리둥절한 표정을 지었다. 무엇이 미안하다는 말인가.

"훗."

그렇게 의구심을 느끼고 있는 양무철을 향해 진백운은 예의 그 특유의 냉소를 흘렸다.

그리고 웃음이 끝나는 그 순간.

진백운의 검(劍)이 부드럽게 춤을 추기 시작했다.

낙뢰검법(落雷劍法) 제이초식 낙뢰만천(落雷滿天).

하늘을 가득 메운 낙뢰의 줄기들이 양무철을 향해 떨어지기 시작했다.

낙뢰검법은 천살(天殺)의 신분을 숨기기 위해 만들어진 검법에 지나지 않는다.

그러나 그 위력만큼은 강호에 존재하는 여타의 검법들과 비교해 보아도 전혀 손색이 없다.

진백운의 진신철학인 천살수라검(天殺修羅劍)이 극강극

쾌(極强極快)의 검법이라면 지금 그가 펼치고 있는 낙뢰검법은 천살수라검의 쾌(快)의 묘리만 가져와 만들어진 무공인 것이다.

빠르기로만 따진다면 연환을 포함하고 있는 백리의 추성검법(追聲劍法)보다 배는 빠른 검법이라고 할 수 있다.

퍽. 퍽. 퍽. 퍽.

"크아아악!"

이내 진백운의 검이 양무철의 전신을 후려치기 시작했고 그때마다 양무철의 비명 소리가 연무장 가득하게 울려 퍼지기 시작했다.

그나마 양무철에게는 다행인 게 한 가지 있었다. 진백운이 검을 뽑지 않았던 것이다. 만약 진검(眞劍)이었다면 진즉에 죽었을 목숨이었다.

"크아악!"

그러나 지금 이 순간 양무철은 차라리 죽는 게 낫겠다는 생각을 했다. 진백운이 의도적으로 급소들만 골라서 때리고 있었기 때문이다.

'개똥밭에 굴러도 이승이 낫다.' 라는 말이 있다. 허나 그 말은 어디까지나 제삼자 입장에서 할 수 있는 말이었다.

죽음보다 더한 고통을 느끼고 있는 사람에게는 차라리 죽음이 훨씬 나은 선택일 수도 있기 때문이다.

　그리고 지금 진백운은 양무철에게 과연 죽음보다 더한 고통이 무엇인지 몸소 직접 선사해 주고 있었다.

　"크아아아악!"

　양무철의 애처로운 비명 소리가 연무장을 뒤엎기 시작했다.

*　　　*　　　*

　타다다다닥.

　조문(曺文)은 죽을힘을 다해서 내원에 위치한 연무장을 향해 달렸다.

　자신이 잘못 들은 게 아닌지 하나둘씩 나타난 동료도 모두 자신과 같은 방향으로 달리는 모습을 보이고 있었다.

　'대체 이게 무슨 일이란 말인가?'

　달리는 조문의 얼굴은 걱정으로 가득했다.

　방금 전 들린 호각소리는 백리세가에 위험이 닥쳤을 때만 불어지는 소리였기 때문이다. 그리고 지금 그 호각을 가지고 있는 이는 다름 아닌 바로 백리연이었다.

　'아가씨…….'

　그는 조바심이 났다.

　만일이라도 백리연에게 무슨 일이 생긴다면 먼저 세상을

떠난 조상님들을 무슨 낯으로 뵌다는 말인가. 아니, 조상님은 둘째 치고 자신은 앞으로 무엇을 위해 살아가야 한단 말인가.

비록 추성비룡단에서 쫓겨난 몸이라지만 자신을 포함한 몇몇 기존 단원은 여전히 백리세가를 향한 깊은 충심(忠心)을 간직하고 있었다.

그렇기에 백리세가의 잡일까지 도맡으면서 세가에 남았던 것이다. 그리고 그것은 어지간한 충성심이 아니면 불가능한 일이었다.

그런 그들에게 방금 들린 호각소리는 청천벽력(靑天霹靂 : 마른하늘에 날벼락)과도 같은 소식이었다.

'제발, 아가씨.'

특히나 조문은 더욱 그러했다.

슉. 슉. 슉.

빠르게 세가의 건물들을 뛰어넘으며 외원을 지난 조문은 이내 내원으로 들어설 수 있었다.

곧이어 조문의 얼굴에 낭패한 기색이 떠오르기 시작했다.

크아아악!

고통에 몸부림치는 한 줄기 비명 소리가 천둥처럼 그의 귓가로 들렸던 까닭이다.

"이런!"

다급해진 그는 서둘러 속력을 올렸다. 연무장에 사단이 나도 제대로 났다고 생각했기 때문이다. 더군다나 저곳은 추성비룡단이 쓰는 연무장이다. 만약 추성비룡단마저 이미 당한 상태라면 백리연의 안위는 결코 장담할 수 없었다.

잠시 후, 추성비룡단의 연무장이 그의 시야로 모습을 드러내기 시작했다. 그리고 연무장이 가까워지면 지는 만큼 비명 소리 또한 더욱 크게 들리기 시작했다.

'제발……'

그는 간절한 마음을 담아 속으로 기도를 올렸다.

몇 발자국도 채 안 남은 이 거리가 마치 천길만길처럼 멀게만 느껴지는 건 왜일까.

'다 왔다!'

이윽고 연무장 근처에 다다른 그는 지체 없이 신형을 날렸다. 그러면서 있는 힘껏 소리를 질렀다.

"아가씨!!!!!"

백리연을 애타는 마음으로 부르는 그의 외침은 간절함을 넘어 처절하게까지 울리기 시작했다.

*　　　*　　　*

"크아아악!"

양무철의 비명 소리는 백리세가의 모든 무사가 모인 뒤에도 계속되었다.

특히 미소를 머금은 채로 양무철을 때리고 있는 진백운의 모습은 뭔가 비현실적이면서도 괴기스럽게 보이고 있었다.

연무장에 모여 있는 모든 이들은 그 모습을 숨을 죽이고 바라볼 뿐이었다.

막 도착한 조문도 예외는 아니었다.

애타게 백리연을 부르며 연무장으로 들어선 그는 곧 주변의 따가운 눈총을 받으며 입을 다물어야만 했다.

'대체 뭐하는 놈이야?

한쪽에 쭈그려 앉은 조문은 진백운을 바라보며 혼자 속으로 생각했다. 그는 어제 정문에서 일찌감치 진백운의 무서움을 먼저 경험한 상태였던 것이다.

자신에게 보여준 그 무시무시한 살기(殺氣)도 모자라 명색이 추성비룡단 부단주라는 양무철까지 동네 개 패듯이 패고 있었다. 도대체 저 사내는 얼마나 강하다는 말인가.

아무리 봐도 자신보다 어려 보이는 놈이었다.

일찍이 천재(天才)의 이야기는 많이 들어봤다. 흔하디흔한 그런 얘기들. 그러나 막상 그 천재를 직접 목격하고 보니 이

건 말도 안 되는 사기라는 생각이 들었다.

'거기다가······.'

조문은 고개를 옆으로 돌려 한쪽에 서 있는 백리연을 바라보았다.

빙면화라는 별호답게 백리연은 얼핏 보기에는 여전히 차가운 표정을 짓고 있는 듯 보였다. 그러나 오랜 세월 동안 그녀의 곁에 머물렀던 자신만큼은 확실히 알 수 있었다.

백리연의 표정이 평소와는 뭔가 미세하게 다르다는 사실을 말이다.

'제길······.'

조문은 다시 고개를 돌려 진백운을 바라봤다. 그리고 진백운을 바라보는 그의 눈빛에는 착잡한 감정이 떠오르고 있었다.

'아! 이건… 일벌백계(一罰百戒 : 한 사람을 벌주어 백 사람을 경계한다)로구나.'

한동안 진백운이 양무철을 패는 모습을 지켜보던 백리연은 비로소 그의 의도를 눈치챌 수 있었다. 바로 한 사람을 본보기로 삼아 전체를 두렵게 만드는 병법의 일종이었다. 더군다나 진백운은 놀랍게도 명분까지 가지고 왔질 않은가.

양무철을 주축으로 백리세가를 떠나겠다고 선언한 추성비

룡단이다. 만약 이대로 양무철이 아무 힘도 쓰지 못한다면 나머지 추성비룡단도 감히 나설 수 없을 것이다. 진백운이 연무장에 있는 까닭이다.

결국 그렇게 되면 추성비룡단에 남는 건 내공을 전폐시키는 형벌(刑罰)밖에 없게 된다. 바로 일벌백계(一罰百戒)의 효과가 극적으로 작용하고 있었다.

백리연은 한차례 주위를 둘러봤다. 자신뿐만 아니라 연무장에 있는 다른 사람도 진백운의 의도를 한 명씩 알아채고 있는 것 같았다.

심지어 백리후는 넘치는 감정을 주체하지 못하는 듯 보였다. 그는 양무철이 진백운에게 매를 맞을 때마다 주먹을 불끈 쥐면서 흥분하는 모습을 보이고 있었던 것이다.

그것은 백리연 또한 마찬가지였다.

'진작 이렇게 했어야 했어.'

마음속으로 통쾌한 감정을 느끼면서 그녀는 후회라는 감정도 함께 느꼈다. 그러나 어쩔 수 없는 일이었다. 진백운은 저리 쉽게 할 수 있는 일이지만 그것은 힘이 있기에 가능한 일이었던 것이다.

백리세가는 그동안 힘이 없었을 뿐, 방법을 몰랐던 것은 아니었다.

어쨌든 양무철 한 사람을 벌함으로써 상당한 효과가 나타

날 듯 보였다. 아니, 이미 그 효과는 나타나고 있었다.

처참하게 구타당하는 양무철의 모습을 보면서 이미 추성비룡단은 그 사기를 잃어가고 있었던 것이다.

더군다나 이미 세가의 나머지 무사들까지 모두 도착한 상황이었다. 이미 기세는 추성비룡단이 아닌 백리세가 쪽으로 넘어온 것이다.

거기에 진백운의 다음 먹잇감이 누가 될지 모르는 상황에서 굳이 움직일 정도로 멍청한 사람은 이 중에 없었다.

퍽. 퍽. 퍽.

"크아아악."

진백운은 여전히 양무철을 향해 사랑의 매를 날리고 있었다.

'굉장해……'

그 모습을 보면서 백리연은 속으로 탄성을 내뱉을 뿐이었다.

*　　　*　　　*

양무철은 미칠 노릇이었다.

차라리 기절이라도 하고 싶었다. 그러나 진백운은 이마저도 허락하지 않는 듯했다.

사실 양무철은 모르는 사실이지만 살수가 업(業)인 진백운은 인간을 고통스럽게 하는 방법을 아주 잘 알고 있었다. 물론 어느 정도까지 고통을 줘야 정신을 잃지 않는지도 말이다.

고문법(拷問法). 꼭꼭 숨은 청부 대상의 위치를 파악할 때 쓰는 방법은 넘치고도 넘쳤던 것이다.

진백운의 무자비한 구타는 한동안 계속해서 이어졌다.

"진 공자, 그만하면 됐어요."

백리연이 앞으로 나서며 그를 만류했다.

그와 함께 오랜 시간 이어지던 진백운의 구타는 그 화려한 막을 내렸다.

그녀가 진백운에게로 다가서며 말했다.

"그 정도면 충분해요."

엄연히 백리세가의 일이다. 진백운의 호의(好意)는 고맙지만 이쯤에서 나서는 게 좋을 듯싶었다.

진백운도 그녀의 의중을 알았기에 순순히 물러나 주었다.

과유불급(過猶不及)이라고 더 이상 나서는 건 보기에도 그리 좋지 않았다.

물러나는 진백운을 향해 백리연이 가벼운 목례로 고마움을 표시했다.

그리고는 동생을 바라보며 말했다.

“후야!”

“아!”

백리연의 부름에 정신을 차린 백리후가 세가의 무사들을 향해 지시했다.

“어서, 역도(逆徒)들을 포박하라!”

그 지시에 무사들이 서둘러 포승줄로 추성비룡단을 묶기 시작했다.

마치 한 편의 잘 짜여진 연극처럼 일사불란한 모습이었다.

물론 개중에는 반항하는 단원도 있었지만 진백운과 눈이 마주치자 꼬리를 말고 순순히 포박당할 뿐이었다.

‘제기랄.’

그렇게 포박당하는 추성비룡단의 모습을 보면서 양무철은 속으로 이를 갈았다.

이렇게 있다간 꼼짝없이 내공을 전폐당하고 쫓겨나는 신세가 될 것이다.

양무철은 죽으면 죽었지 그렇게 살 수는 없었다.

그는 도주할 방법을 곰곰이 생각해 보았다.

‘문제는 저놈인데.’

양무철의 시선은 진백운을 향해 있었다.

명백한 실력 차.

그는 도저히 진백운을 뚫고 도주할 방법이 생각나지 않았다.

양무철이 그렇게 생각하는 사이 무사 한 명이 그를 묶기 위해 다가오고 있었다.

'그래, 이 방법밖에 없어.'

그는 다가오는 무사를 보며 한 가지 방법을 떠올렸다.

인질극.

양무철은 인질을 잡아 어떻게든 백리세가를 벗어나기로 마음먹은 것이다.

이윽고 무사가 그를 포박하기 위해 다가왔고 그 순간 양무철의 신형이 번개처럼 움직였다.

"헉!"

설마 지금 같은 상황에서 양무철이 움직일 것이라 생각 못했던 무사가 당황해서 헛바람을 들이켰다.

그리고 어느새 양무철의 검은 무사의 목에 밀착되어 있었다.

"가까이 오지 마. 움직이면 벤다."

무사를 인질로 잡은 양무철이 외쳤다.

"양무철! 쓸모없는 짓이다."

그 모습을 보면서 백리연이 양무철을 향해 말했다.

애써 태연한 척했지만 세가의 무사들을 끔찍이 생각하는 그녀의 속은 이미 타들어가고 있었다.

그러나 양무철은 음흉한 미소를 지으며 말했다.

"쓸모 있는지 없는지는 내가 판단하지."

그러면서 그는 무사의 목에 가느다란 혈선(血線)을 만들었다.

이에 다가서려던 백리연의 움직임은 멈출 수밖에 없었다.

"아직도 정신을 못 차렸군."

진백운이 다시 나서며 양무철에게 말했다.

"흥!"

인질을 잡고 있는 양무철은 그런 진백운을 향해 콧방귀를 뀌었다.

진백운은 어이가 없었다.

저 바보 같은 놈이 자신의 정체를 알까. 마음만 먹으면 천살귀영신법(天殺鬼影身法)으로 쥐도 새도 모르게 그를 죽일 수 있었다.

그러나 천살문의 무공을 이런 백주대낮에 쓸 수는 없는 노릇이었다.

결국 진백운도 난감하기는 매한가지였다.

백리연이 그런 그에게 말했다.

"진 공자, 제가 알아서 할게요."

그 말에 진백운이 그녀의 눈을 바라보았다. 강력한 의지를 담은 눈이다. 백리연의 의지를 확인한 그는 한발 물러섰다.

진백운이 물러서는 것을 확인한 그녀는 양무철에게 다시 고개를 돌렸다.

"인질을 죽이면 너 또한 살아선 못 나간다."

그녀는 양무철을 향해 경고했다.

"상관없다, 저승으로 가는 길이 외롭진 않을 테니까."

"……."

역시나 양무철에겐 통하지 않는 경고였다.

그녀는 다른 방법을 쓰기로 했다.

"그럼 제안을 하나 하자."

"?"

"날 이긴다면 그냥 보내주마."

"호오."

백리연의 제안에 양무철은 구미가 당겼다.

비록 진백운에게 개처럼 얻어맞긴 했지만 양무철은 명색이 추성비룡단의 부단주였다.

또한, 추성비룡단으로 영입되기 전에도 낭인 바닥에서 제법 굴러먹은 경험이 있었다.

그리고 결정적으로 자신이 알기론 백리연은 자신보다 한

수 아래였다.

추성검법의 후삼식(後三式)을 아직까지도 못 깨우친 백리연이다.

그렇다면 충분히 승산은 있었다.

"그걸 어떻게 믿지?"

"허언(虛言)은 하지 않는다. 잘 알 텐데?"

물론 잘 안다. 그러나 더욱 확실한 보증이 필요했다.

"모르겠는데?"

양무철은 이죽거리며 말했다.

이에 백리후가 끼어들었다.

"백리(百里)의 이름을 걸고 약속한다. 만약 약속을 지키지 않으면 내가 자결하마."

"후야!"

놀란 백리연이 동생의 이름을 불렀다.

"저는…. 누님을 믿습니다."

백리후는 그런 그녀를 바라보며 말했다. 그러면서 남들 모르게 주먹을 말아 쥐었다.

'내가 조금만 더 강했다면.'

만약 그랬다면 애초부터 이런 일은 일어나지 않았을 것이다.

그는 추성비룡단의 단주라는 직책, 백리세가의 후계자라

는 신분에 어울리지 않는 자신의 무위가 이토록 화가 난다는
사실을 오늘에서야 처음으로 느낀 것이다.

'후야…….'

백리연은 안타까운 심정으로 그런 백리후를 바라보았다.

그러다 이내 양무철을 향해 나지막한 목소리로 경고했다.
화가 난 그녀의 음성은 가시가 잔뜩 돋아 있었다.

"양무철, 이쯤에서 받아들이는 게 좋을 거야. 안 그러면 목
숨을 걸고서라도 널 죽일 테니까."

"음……."

양무철은 고민하는 척했다. 하지만 답은 이미 나와 있었
다. 그는 백리연의 제안을 받아들였다.

"좋아, 약속은 지킬 것이라 믿는다."

그 말에 백리 남매는 고개를 끄덕였다.

그제야 그는 잡고 있던 무사의 목을 풀어주며 앞으로 나섰
다.

"크크. 고맙다고 해야 하나? 이렇게 기회를 주다니 말이
야."

"기회인지 위기인지는 겪어봐야 알겠지."

양무철의 이죽거림에 그녀는 차가운 표정으로 응수했다.

"크크크. 아가씨, 난 말이야, 예전부터 너를 멍청한 계집이
라고 생각하고 있었지."

그렇게 말하며 양무철은 비룡검법의 기수식을 취했다.

"오늘 그 생각을 후회하게 될 거야."

백리연 또한 지지 않고 그 말을 맞받아치며 추성검법을 펼칠 준비를 했다.

백리세가를 대표하는 두 검법이 서로를 겨눴다.

第四章
잠원마공(潛原魔功)

‘이길 수 있을까?’

그녀는 심장이 두근대는 자신을 느꼈다.

"후우우."

백리연은 한차례 긴 호흡으로 두근대는 심장을 겨우 진정시켜 나갔다.

흥분은 칼끝을 무디게 만든다. 결투에 임하는 무인에게 가장 기본이 되는 바였다.

"숨소리가 거칩니다, 아가씨. 여기가 침대 위였으면 잘 어울렸겠어요. 크크."

양무철이 그녀를 자극했다.

시정잡배나 쓰는 외설적인 표현에 백리연의 얼굴이 벌겋게 달아올랐다.

역시 노련함으로 따지자면 양무철이 백리연보다는 앞서 있었다.

상대를 자극시켜 허점을 유도하는 것.

낭인 바닥에서 가장 흔히 쓰이는 방식이었다.

사실 걸려들든 그렇지 않든 별로 상관없었다. 그저 한 번이라도 상대를 흔들 수 있다면 그것만으로도 그 목적을 달성했다고 볼 수 있다.

"닥쳐라!"

또한 백리연의 반응을 보아하니 제대로 먹힌 것 같았다.

타앗.

화가 난 백리연이 쏜살같이 신형을 날렸다.

사사삭.

그에 따라 소리를 쫓는다는 추성검법이 빠른 속도로 양무철을 향해 펼쳐지기 시작했다.

캉. 캉. 캉.

검과 검이 맞부딪히는 소리가 울렸다.

추성검법이 공격에 바탕을 둔 검법이라면 비룡검법은 수비에 바탕을 둔 검법.

하늘로 날아가는 한 마리의 용처럼 양무철의 비룡검법이 아름다운 곡선을 만들어내며 그녀의 공격을 막아내고 있었다.

'후훗, 역시.'

몇 차례 검을 섞어본 양무철은 속으로 쾌재를 불렀다.

과연 예상대로 백리연의 실력은 늘지 않았다. 그녀는 좀처럼 뛰어넘기 힘든 벽에 가로막혀 있는 것이다.

'멍청한 계집아. 결국 이번에도 내가 이겼구나.'

그는 자신 있게 검을 휘둘렀다.

비룡검법 제삼식 비룡패미(飛龍敗尾).

비룡이 꼬리를 흔들어 방해물을 깨부수는 것처럼 패도적인 초식이 백리연을 향해 커다란 궤적을 그리며 날아갔다.

카아앙.

"악!"

황급히 막아내긴 했지만 미처 양무철의 공격을 다 해소시키지 못한 백리연이 짧은 비명을 내뱉었다.

그녀는 뒤로 물러서며 아직까지 남아 있는 힘의 여파를 털어냈다.

"크크. 이쯤이면 패배를 인정해야 하는 거 아닌가?"

"닥쳐, 누구 맘대로."

백리연은 이를 악물었다.

그러나 그녀도 한차례 공방을 통해 자신보단 양무철이 우세하다는 사실을 실감했다.

그렇다고 여기서 포기할 순 없는 일.

으득.

어금니를 꽉 깨문 백리연이 다시 한 번 양무철을 향해 검을 휘둘렀다.

진백운은 한쪽에 서서 두 사람의 결투를 지켜보았다.

솔직히 그는 백리연이 밀린다는 사실이 이해가 되지 않았다.

'왜 저러지?

어젯밤, 백리연의 검무를 지켜본 그는 양무철보단 백리연이 한 수 위라고 생각했다.

그래서 그녀가 양무철에게 제안할 때도 굳이 나서지 않았던 것이다.

그런데 막상 두 사람이 붙으니 자신의 예상과는 판이한 결과가 나타나고 있었다.

'그리 어려운 일인가?

진백운은 고개를 갸우뚱거렸다.

분명히 알려주었다. 추성검법의 쾌(快)는 연환(連環)으로부터 나오는 것임을.

'다시 가르쳐 줘야 하나?'

훈수를 두려던 그는 이내 고개를 저었다.

무(武)는 스스로가 그 벽을 깨야만 한다. 그래야만 또 다른 벽이 앞에 나타나더라도 수월하게 그 벽을 뛰어넘을 수 있는 것이다.

계속되는 훈수는 무인을 망치는 지름길이었다.

'뭐 여차하면 나서면 되니까.'

진백운은 혹시나 백리연이 위험해지면 그 순간에 나서기로 마음을 먹었다.

그 정도는 충분히 할 수 있는 진백운이었다.

거듭되는 백리연의 공격은 모두 수포로 돌아갔다.

좀처럼 비룡검법을 앞세운 양무철의 수비를 뚫기가 힘들었던 까닭이다.

"치잇!"

그녀는 조바심을 느꼈다.

조급한 마음 탓에 섬세했던 그녀의 검은 점점 무뎌졌고, 불필요한 힘만 잔뜩 들어가는 결과를 나았다.

백리연이 그러면 그럴수록 양무철은 오히려 갈수록 편안해지는 기분을 느꼈다.

그동안 호의호식 시켜준 백리세가를 떠나야 한다는 사실

은 좀 아쉽지만 지금 이 실력이면 낭인으로 돌아갈지라도 결코 손해는 아니었다.

'아니지, 잘만하면 돈 좀 꽤나 만지겠어.'

낭인들의 수준은 한참을 떨어진다. 승천칠성(昇天七星)의 일인인 고랑검객(孤狼劍客) 유진명(柳鎭明)과 상위 몇몇의 낭인을 제외하면 태반이 삼류 수준이라 보면 된다.

자신의 실력이라면 극히 위험한 의뢰만 피할 경우 제법 큰 돈을 오래도록 만질 수 있을 것 같았다.

지금 양무철은 이런 생각을 할 정도로 여유로웠다. 그만큼 백리연의 힘이 슬슬 떨어져 가고 있었던 것이다.

'이제 슬슬 마무리 지을까?'

그런 생각과 함께 양무철의 검도 그 기세를 바꾸기 시작했다.

"앗!"

갑자기 바뀐 양무철의 검에 당황한 백리연이 헛바람을 들이켰다.

그뿐인가. 그녀는 연신 뒤로 물러서야만 했다. 그럴수록 싸움의 흐름은 양무철에게로 넘어가고 있었다.

'이대로는……'

그녀의 머릿속엔 패배라는 두 글자가 떠올랐다.

물론 질 때도 있다. 하지만 양무철같이 인면수심(人面獸心)

한 자에겐 죽으면 죽었지 지고 싶진 않은 게 솔직한 심정이었
다.

'제길.'

그러나 딱히 방법이 없었다. 검을 맞대면 맞댈수록 패색은
더욱 짙어지고 있었다.

그때, 백리연의 눈에 한 사람의 모습이 스쳐 지나갔다.

진백운이다.

그는 팔짱을 낀 채 자신의 싸움을 지켜보고 있었다.

빠름이란 부드럽다는 말이며 부드럽다는 것은 이어짐에 막힘
이 없다는 것이오.

그녀는 진백운이 해준 말을 떠올렸다.

'정말일까?

진백운의 말이 생각났지만 여전히 백리연은 그 말이 옳은
지 판단을 내릴 수가 없었다.

또한, 문제가 되는 것은 오랜 습관.

그동안 추성검법의 요체는 일격(一擊)의 빠름이라 생각해
온 자신이었다.

그런데 진백운의 말만 믿고 갑작스레 연환(連環)의 묘리로
전황을 풀려고 한다면 모험을 던져야 하는 것이다.

'어차피…….'

그러나 이미 패색(敗色)이 짙은 상황.

모 아니면 도다.

결국 마땅한 방법이 없던 백리연은 시험 삼아 진백운의 말을 한번 믿어보기로 결심했다.

어젯밤은 진백운이 연무를 훔쳐봤다는 사실이 불쾌해 그냥 넘겼지만, 생각해 보니 진백운 수준의 무인이 허언(虛言)을 할 리도 없었다.

생각을 정리한 백리연은 일 보(一步) 앞으로 나아가며 부드럽게 양무철에게로 검을 날렸다.

쉬이익.

이전만 못한 속도다.

다음 초식을 머리에 염두에 두고 있는 까닭이다.

느려진 검의 속력에 양무철은 비릿한 미소를 짓고 있었다. 마치 자신의 승리를 장담하는 듯 보이는 표정이었다.

그러나 백리연은 그의 표정과 상관없이 몸을 빙글 돌리며 다음 초식을 이어나갔다.

빠르기보다는 부드러움에.

양무철의 몸이 아닌 양무철의 검을 향해 날리는 초식이다.

쉬익.

'빨라졌다?'

분명 방금 전과 비슷한 속력으로 검을 펼쳐냈다.

그런데 이상하게도 살짝 자신의 검이 빨라지고 있는 느낌이 든다.

계속해서 백리연은 이어짐에만 집중했다.

다시 앞으로 한 걸음 움직였다.

그러면서 종(縱 : 가로)으로 가볍게, 그리고 부드럽게 검의 움직임을 이어나갔다.

쉭!

그러자 추성(追聲)이 다시 소리를 쫓기 시작한다.

'아! 이 느낌이구나!'

순간, 백리연은 머릿속이 맑아지는 기분을 느꼈다.

또한, 지금의 움직임이 마치 오랜 습관처럼 몸에 익숙하다.

백리연이 그렇게 느끼는 것은 추성검법이 본래의 색채(色彩)를 되찾았기 때문이다.

일격의 빠름이 아닌, 연환으로 그 속도를 증가시키는 검법.

그것이 바로 추성검법의 진짜 모습이었던 것이다.

카앙.

쇠와 쇠가 맞부딪히는 소리가 한차례 연무장을 크게 울렸다.

'밀리지 않아.'

더 이상 양무철의 검은 무겁지 않았다.

‘추성(追聲)은 검과 검이 부딪히는 소리!’

캉.

검에 가속도가 붙는 게 느껴진다. 속도가 빨라지자 힘이 따라오기 시작했다. 그러자, 양무철이 오히려 자신의 검(劍)에 밀리는 모습을 보였다.

백리연은 깨달았다.

지금 이 순간.

자신을 가로막고 있던 벽을 한 단계 뛰어넘었다는 사실을.

“뭐, 뭐 이런!”

양무철은 당황스러움을 숨길 수 없었다.

갑자기 백년산삼(百年山蔘)이라도 삶아 먹은 것인가. 아니면 그동안 실력을 숨기고 있었단 말인가.

백리연의 검이 한순간에 너무 달라졌다.

캉. 캉. 캉. 캉. 캉.

어찌 된 영문인지 검과 검이 부딪힐수록 백리연의 검은 더욱 빨라졌다. 그뿐인가, 속도에 비례해 힘도 증가되고 있었다.

양무철은 남아 있는 내기(內氣)를 모두 끌어올려 그녀의 공격을 막았지만 시간이 흐르면 흐를수록 백리연의 검을 따라가는 것만으로도 벅차게 되었다.

"제, 제기랄!!"

예상도 못한 상황에 양무철이 악을 질러댔다.

그러나 그에게 되돌아온 건 마지막을 알리는 백리연의 작은 목소리였다.

"추성검법 후일식(後一式) 파성일참(破聲一斬)."

정말 말도 안 되는 일이라고 양무철은 속으로 되뇌었다. 백리연이 추성검법의 후초식을 쓴다는 건 그의 예상에는 없었던 일이다.

'허세일 것이다.'

그러나 그것은 그만의 바람일 뿐이었다.

소리를 부수며 백리연의 검이 아름다운 곡선을 그렸다.

극쾌(極快).

가속도를 끌어모을 대로 모은 백리연의 검은 한 번에 그 속도를 외부로 발출시켰다.

이것이 바로 추성검법 후초식을 여는 열쇠. 일정량의 속도가 충분히 뒷받침되어야만 가능했던 파성일참이었다.

백리휘명 이후 십 년 동안이나 잠자고 있었던 추성검법이 드디어 눈을 떴다.

그리고 그 위력은 놀라웠다.

챙그렁.

"크아아아악!!!!"

양무철의 검이 삽시간에 산산이 부서지며 한 줄기 검상(劍傷)이 그의 가슴을 가로질렀다.

쿵.

양무철의 신형이 연무장 바닥으로 떨어졌고 주변에 있던 모든 무사는 할 말을 잃었다.

다만, 진백운만이 백리연을 바라보며 가벼운 미소를 짓고 있었다.

*　　　*　　　*

유운전(流雲殿) 내부.

진백운은 백리휘명이 건네는 술을 받고 있었다.

시간은 어느덧 흘러 추성비룡단과의 한바탕 소동이 있은 지 벌써 일주일도 더 지난 후였다.

사건은 추성비룡단의 절대적인 충성 맹세와 3개월 동안의 감봉을 조건으로 일단락되었다.

더하여 물러났던 기존 단원들의 복직도 함께 이루어졌다.

다만, 양무철만은 일벌백계의 표본으로 삼아 내공을 전폐시키고 백리세가에서 쫓아버렸다.

그래도 개과천선(改過遷善)하라는 마음으로 그동안 양무철에게 주었던 돈은 회수하지 않은 백리세가였다.

"하하. 자네가 은혜를 제대로 갚았구먼."

백리휘명이 크게 웃으며 진백운을 칭찬했다.

사실 말을 안 해서 그렇지 그동안 고생하는 자식들을 바라보며 홀로 끙끙 앓고만 있었던 것이다.

특히 추성비룡단 문제는 백리세가에 앓던 이 같은 문제였는데 진백운이 그 이를 시원하게 뽑아준 격이었다.

"과찬이십니다. 저보단 백리소저의 공이 컸습니다. 따님을 아주 강하게 키우셨더군요."

백리휘명의 칭찬에 그는 오히려 백리연을 칭찬했다.

사실 양무철을 때려 팬 거 이외에 자신이 한 일은 없으니 틀린 말은 아니었다.

진백운이 계속해서 말을 이었다.

"아직 은혜를 갚았다 할 수 없습니다."

솔직한 심정을 그대로 표현한 것이다.

백리휘명은 그런 진백운의 모습이 좋았다.

'뛰어난 무공에 겸양까지. 정말 사위로 삼아버리고 싶구나, 허나 직업이……'

천살(天殺). 그는 진백운의 정체가 중원제일 살수라는 사실이 마음에 걸렸다.

명색이 정파를 표방하는 백리세가가 살수, 그것도 제일 잘나가는 살수를 사위로 둘 순 없지 않은가.

'그래도 연이만 좋다면야······.'

허나 남녀 사이란 막을 수 없는 것.

백리휘명은 서로만 좋다면 딱히 반대할 생각까지는 없었다.

"가주님을 닮았나 봅니다."

생각의 꼬리를 물고 있던 백리휘명에게 진백운이 말했다.

"응?"

"너무 빤히 보셔서 하는 말입니다."

"아아, 미안하네. 사람 불러놓고 내가 잠시 딴생각을 했구먼. 하하."

무안함에 웃어넘기던 백리휘명은 이내 고개를 갸우뚱거렸다.

'그런데 누가 닮았단 거지? 후를 말하는 건가?

그러나 별로 중요한 문제는 아니었기에 그는 다시 웃으며 진백운에게 술을 권했다.

"자자, 한 잔 더 받으시게."

"네."

진백운이 자세를 고치며 백리휘명의 술을 받았다. 소흥주(紹興酒)의 달콤한 향이 은은하게 코끝을 자극했다.

술을 받은 진백운이 백리휘명에게 말했다.

"그런데 질문이 하나 있습니다."

“응? 뭔가?”

“왜 가주께서 직접 나서지 않으셨던 겁니까?”

“……."

진백운의 질문에 그는 살짝 당황한 표정을 지었지만 이내 안색을 회복하고 웃으며 말을 이었다.

“하하, 내 전에도 말했지 않은가. 광마도에 패해……."

그러나 진백운이 그 말을 끊었다.

“명색이 살수(殺手)입니다. 기감(氣感)은 그 누구보다 뛰어나다고 자부할 수 있습니다.”

“음……."

그 말에 백리휘명은 짧은 신음을 삼켰다.

진백운은 이미 자신의 비밀을 어렴풋이 눈치채고 있는 것이다.

“그저 궁금해서 물어보는 것입니다. 내키지 않으시다면 굳이 대답 않으셔도 상관없습니다.”

“훗.”

그는 진백운의 담담한 말투에 짧은 웃음을 지어 보였다. 이러한 진백운의 반응은 오히려 혼자 간직하던 비밀을 속 시원히 풀고 싶어지게 만들었다.

무엇보다 그의 눈엔 진백운이 어디 가서 함부로 입을 놀릴 사람으론 보이지 않았다.

"후우. 좋네, 말해주지."

짧은 한숨과 함께 백리휘명이 운을 띄웠다.

"십 년 전 나는 광마도 유승에게 패해 가진 내공을 모두 잃었네. 이건 틀림없는 사실이야."

진백운은 그의 이야기를 묵묵히 들었다.

그가 계속해서 말을 이었다.

"그리고 그때 내 단전(丹田)을 깨부순 광마도는 나에게 하나의 무공을 던져주었지. 다시 도전하고 싶다면 익혀 보라면서 말이지. 그게 뭔지 아는가?"

"모르겠습니다."

알 리가 없었다. 다만, 백리휘명의 이야기가 계속 이어질 수 있도록 맞장구 쳐주는 것이다.

잠시 뜸을 들인 백리휘명이 힘겹게 다시 입을 열었다.

"잠원마공(潛原魔功)."

"……."

"지금 내가 익힌 무공일세."

말을 내뱉는 그의 목소리는 씁쓸하기 그지없었다.

*　　　*　　　*

백리휘명은 지난 일을 떠올렸다.

그러자 후회(後悔)라는 감정이 그의 마음속에 가득 자리를 잡기 시작했다.

무(武)에 대한 쓸데없는 자존심이 결국은 어려서부터 그가 간직해 왔던 의협심(義俠心)을 무너뜨렸다.

잠원마공.

받자마자 태워버렸어야 했다.

그러나 무(武)를 향한 호기심은 결국 마공에 손을 대게 만들었고, 읽으면 읽을수록 빠져들기 시작했다.

잠원마공은 깨진 단전(丹田)을 회복하는 방법에만 초점을 맞추고 있었다.

몇 번을 읽어봐도 마기(魔氣)에 대한 언급은 전혀 없었다.

서책의 제목만 마공(魔功)이지, 그가 보기에는 일종의 요상술(妖祥術 : 치료술)을 기록해 놓은 것만 같았다.

결국 백리휘명은 잠원마공을 읽으면서 점점 자신을 합리화(合理化)하기에 이르렀다.

'광마도 유승은 투쟁심(鬪爭心)이 강한 마인으로 소문이 난 자다, 나의 무공을 인정한 그는 나와 다시 싸우기를 원할 뿐이다, 잠원마공은 단전만 회복하는 무공, 결코 마기를 운용하는 방법 등은 기술되어 있지 않다, 단전을 회복하고 광마도만 무너뜨린다면 백리(百里)를 천하제일세가(天下第一世家)로 만

드는 것도 가능할 것이다.'

　그렇게 자신을 합리화시킨 백리휘명은 신중하게 잠원마공을 익혀 나갔다.
　과연 처음에는 순조로웠다.
　채 몇 달도 안 돼서 빠른 속도로 단전이 회복되기 시작한 것이다.
　놀라웠다.
　그리고 단전이 회복되면서 다시 추성검법을 쓰는 게 가능해지자, 백리휘명은 점점 더 자신의 판단이 옳다고 믿게 되었다.
　하지만 그 판단이 틀렸다는 사실은 얼마 못 가서 깨달을 수 있었다.
　추성검법을 연마하면서 나뭇가지가 잘렸다.
　그리고 잘린 가지가 급속도로 생명력을 잃고 시들어가는 모습을 백리휘명은 목격해 버린 것이다.
　검(劍) 속에 마기(魔氣)나 살기(殺氣)가 가득할 때 벌어지는 현상이다.
　그 사실을 깨달은 백리휘명은 계속해서 내력을 끌어 올려 나뭇가지들을 잘라보았다.
　그리고 알게 됐다.

자신의 무공은 더 이상 무공이 아님을.

단지 마공(魔功)일 뿐이고 마공을 쓰는 자신은 더 이상 정인(正人)이 아니었다.

마인(魔人)일 뿐이었던 것이다.

불현듯 자괴감(自愧感)이 밀려왔다.

그리고 그날.

백리휘명은 자신의 검(劍)을 놓아버렸다.

*   *   *

백리휘명은 지난날의 잘못된 선택을 자책했다.

고개를 절레절레 저으며 단숨에 술잔을 비우는 그의 모습은 짙은 후회로 가득 차 보였다.

"그렇습니까?"

그러나 진백운은 덤덤한 표정으로 말했다.

이에 참담한 표정을 짓고 있던 백리휘명의 얼굴이 당황스러움으로 물들어가기 시작했다.

그가 진백운을 향해 물었다.

"놀랍지 않은가?"

"뭐가 놀랍습니까?"

백리휘명의 질문에 진백운이 질문으로 받아쳤다.

"다른 것도 아닌 마공(魔功)일세. 명색이 정파를 표방하는 백리세가의 가주가 지금 마공을 익혔다고 자네에게 얘기하고 있는 걸세."

"아!"

그 말에 진백운은 영혼 없는 반응을 한차례 보여주었다.

"허!"

진백운의 반응에 백리휘명은 헛웃음을 내뱉었다. 보아하니 진백운에게 자신의 비밀은 항간에 떠도는 소문보다 못해 보였다.

"가주님."

백리휘명을 부른 그가 말을 이었다.

"정(正)과 마(魔)를 구분 짓는 건 무공이 아닌 인간이라 배웠습니다. 그럼 감히 묻겠습니다. 가주님께선 마인(魔人)이십니까, 정인(正人)이십니까?"

"……!!"

일체유심조(一切唯心造)라는 말이 있다. 이 세상엔 정(淨)도 부정(不淨)도 없으며 오로지 세상의 모든 것은 마음이 지어낸다는 불교 화엄경(華嚴經)의 중심 사상이다.

정과 마도 이와 마찬가지.

진백운은 지금 무인을 판단하는 기준은 가진 무공이 아닌 무인의 마음이라는 점을 말하고 있는 것이다.

"허허……."

진백운이 의미하는 바를 깨달은 백리휘명의 입에서 감탄 섞인 웃음이 저도 모르게 튀어나왔다.

이제 겨우 약관(약 20세)을 좀 넘긴 진백운에게서 이런 진리(眞理)를 얻으리라곤 상상도 못했던 까닭이다.

'그렇군. 무공이 아니라 사람이었어.'

그는 진백운을 다시 보게 되었다. 그동안 진백운이 천살이기 때문에 당연히 강해야만 한다고 생각했었는데 알고 보니 진백운이란 사내 자체가 강했던 것이다.

이런 마음가짐을 가진 자가 어찌 약할 수 있으랴.

백리휘명은 덤덤히 자신의 대답을 기다리고 있는 진백운을 향해 말했다.

"맞네, 자네 얘기가 맞아. 나는 앞으로도 정인(正人)이고 싶고 죽는 그 순간까지 그러고 싶다네."

"가주께서는 충분히 그럴 자격이 되는 분이십니다."

"말만이라도 고맙네."

"진심입니다."

한차례 미소를 지어 보인 진백운이 계속 말을 이었다.

"그럼 마공이 노출될 것을 염려해 앞으로 나서지 못하신 거군요."

"물론 그런 이유도 있지만 다른 이유도 있지."

“다른 이유요?”

“그렇다네.”

그 말에 호기심이 동한 진백운이 질문했다.

“그것이 무엇입니까?”

백리휘명은 잔에 남아 있는 소홍주를 입안으로 한 번 털어낸 후에야 진백운을 향해 말했다.

“그것은……."

＊　　　＊　　　＊

의창(宜昌)은 호북성 서쪽에 위치한 도시이다.

장강삼협(長江三峽)이 시작되는 이곳은 과거 촉나라와 오나라의 충돌이 빈번하게 일어났던 곳으로 유비(劉備)의 생애 마지막 접전이 있었던 곳으로 유명하다.

또한 지금은 형문산(荊門山)을 끼고 있는 형문파(荊門派)의 영역으로 인식되고 있는 지역이었다.

그리고 이러한 의창 변두리에는 낙월객잔(落月客棧)이라는 조그마한 객잔이 하나 있었다.

워낙 변두리에 위치한 객잔인지라 언제나 적적한 분위기를 풍기던 곳이었지만 오늘만큼은 예외였다.

한 사내의 주정이 벌써 몇 시진째 이어지고 있었기 때문이다.

"꺼억, 내가 복수한다, 복수하고 말 거라고."

사내의 정체는 백리세가에서 쫓겨난 양무철이었다.

혹시나 모를 백리세가의 보복이 두려웠던 그는 일주일 동안 마차로 달린 끝에 이곳 의창까지 흘러들게 되었다.

그제야 긴장이 풀린 양무철은 속에서 들끓는 화를 삭이기 위해 술을 찾은 것이다.

그러나 술을 마시면 마실수록 속에서 들끓는 화는 가라앉기는커녕 오히려 더 강하게 타올라만 갔다.

"젠장, 이봐 주인장! 술 가져와, 술!!"

그는 계속해서 술을 찾았다. 하지만 그의 외침을 못 들었는지 술이 나오지 않았다.

"술 가져오라고!"

양무철이 더욱 큰 소리로 외쳤지만 역시나 술은 나오지 않고 있었다.

화가 난 그는 고개를 들어 객잔의 주인을 찾았다.

"뭔 놈의 자식들이 죄다 검정 옷을 입고 있냐?"

그러나 양무철이 찾는 주인은 전혀 보이지 않고 객잔 내에는 검은 옷을 입은 사내들로 가득 차 있었다.

결국 그는 객잔의 주인을 찾기 위해 직접 몸을 일으켜야만 했다.

“응?”

자리에서 일어나 몇 걸음 걸어가던 양무철은 흑의인들 사이에 유난히 눈에 띄는 새빨간 무복을 입은 여인을 발견했다.

새까만 사내들 사이에 있으니 그야말로 홍일점(紅一點)이 되어버린 여인이었다.

“호오?”

술이 들어가자 욕정(欲情)이 동하기 시작했다.

그는 객잔 주인을 찾으려던 발걸음을 여인에게로 돌렸다.

흑의인 중 한 명이 그런 양무철을 막으려 했지만 뒤에서 들리는 여인의 음성에 그 행동을 멈췄다.

“그냥 놔둬.”

오히려 그 음성에 의해 양무철이 지나갈 수 있도록 길을 트는 흑의인들이었다.

‘뭐야 이거? 제법 높은 집 여식 같은데?’

그 행동을 보면서 양무철은 속으로 생각했다.

내공을 잃은 이 시점에선 까딱하다간 저승으로 곧장 직행할 수 있기 때문에 망설여진 것이다.

그래도 왠지 발걸음을 멈추긴 싫었다. 얼핏 보인 여인의 모습은 피가 들끓게 만드는 미모였던 것이다. 또한, 흑의인들에게 놔두라는 지시를 내린 것으로 보아 여인도 분명 자신에게 호감이 있는 것 같았다.

‘그래, 뭐 별일이야 있겠어.’

술을 마신 게 다행이었다. 자고로 용기는 술에서 나온다 하지 않던가.

양무철은 술기운을 빌려 여인을 향해 성큼성큼 다가갔다.

“안녕?”

여인은 화사하게 웃으며 그를 반겼다.

‘헉!’

그러나 여인의 앞에 도착한 양무철은 그토록 화사한 미소에도 마주 웃을 수가 없었다.

그가 그토록 찾던 객잔 주인을 이제야 발견했기 때문이다.

문제는 그 객잔 주인이 눈이 달려야 할 곳에 입이 있고 입이 있어야 할 곳에 눈이 있다는 점이었다.

“으허헉!”

양무철은 놀라 비명을 질렀다.

밧줄에 두 발이 묶인 객잔 주인이 천장에서부터 거꾸로 매달려 있었던 까닭이다.

또한, 목에 그어진 실선 같은 검상에 의해 피가 거꾸로 철철 흘러내리고 있었다.

“뭐해, 어서 와서 앉지 않고?”

새빨간 무복을 입은 여인은 여전히 그 화사한 미소를 지은 채 양무철에게 자리를 권했다.

그는 온몸을 덜덜덜 떨었다. 지독한 공포에 뇌가 마비되는 느낌이었다.

"흐응~ 안 올 거야?"

여인은 묘한 콧소리를 섞으며 물었다.

창녀에게서나 들을 수 있는 천박한 목소리였지만 지금 이 순간, 양무철에게는 지옥의 야차(夜叉)보다도 더 무섭게 느껴지는 목소리였다.

'그래, 호랑이 굴에 들어가도 정신을 바짝 차리라 했다.'

정말이지 술을 마신 게 다행이라는 생각이 들었다. 만약 술기운이 없었다면 진즉에 기절하고도 남았을 것이다.

양무철은 떨리는 발걸음을 억지로 움직이며 여인이 권하는 자리로 향했다.

"깔깔깔. 진짜 오란다고 오네? 너 말 잘 듣는구나?"

이윽고 그가 자리에 착석하자 여인이 배를 잡고 깔깔 웃으며 말했다.

여인의 말에도 양무철은 고개를 열심히 끄덕이는 것, 그것 이외에는 할 수 있는 게 없었다.

그녀가 이번엔 다른 주문을 했다.

"음~ 그럼 이번엔 네 발로 와봐."

그렇게 말하면서 여인은 자신의 늘씬한 허벅지를 손바닥

으로 툭툭 치며 혀를 똑딱 튕겼다.

그 행동이 마치 한 마리 개를 상대하는 듯했다.

양무철은 고민했다. 하지만 그 이유가 얄팍한 자존심 따위는 아니었다. 이미 자존심은 길바닥에 내버린 지 오래다. 그가 고민하는 이유는 다름이 아니었다.

'저 영감은 어떻게 했을까?

그는 죽은 객잔 주인을 바라봤다. 분명 여인은 주인에게도 똑같은 요구를 했을 것이다.

살기 위해선 어떻게 해야 하는가. 그것이 바로 양무철의 고민이었다.

"흐응~ 안 올 거야?"

또다시 여인은 예의 그 콧소리 섞인 목소리로 양무철을 향해 말했다.

그는 선택해야만 했다. 망설이다간 저기 저 객잔 주인과 똑같은 꼴이 될 것만 같았다.

그리고 그가 할 수 있는 일은 여인의 명령을 따르는 것밖엔 없었다.

그는 땅에 손을 짚은 채 개처럼 여인을 향해 기어갔다.

"와아~ 너 정말 말 잘 듣는구나?"

여인은 양무철이 자신의 허벅지 앞에 이르자 기쁜 목소리로 말했다. 그러면서 양무철의 머리를 쓰다듬는 여인이었다.

오싹.

양무철은 여인의 손이 머리를 쓰다듬자 온몸에 솜털이 곤두서는 기분을 느꼈다.

마치 당장이라도 여인이 자신의 목을 단번에 뽑아버릴 것만 같은 기분이 들었던 것이다.

다행히 여인은 그저 자신의 머리를 쓰다듬을 뿐이었다.

그리곤 다시 명령을 내렸다.

"자, 그러면 이번엔 핥아봐!"

그러면서 자신의 발을 앞으로 내미는 여인이다.

양무철은 개가 된 기분이었다. 그러나 이번엔 고민하지 않았다. 그저 혀를 길게 내밀어 여인의 발가락을 할짝할짝 핥는 것만이 그가 할 수 있는 일의 전부였다.

*　　　*　　　*

끼이익.

낙월객잔의 문이 열리며 커다란 덩치의 사내가 안으로 들어섰다.

그는 어깨에 아주 커다란 도(刀)를 메고 있었는데 도신(刀身)에는 광풍무적(狂風無敵), 일도진천(一刀震天)이라는 여덟 글자가 새겨져 있었다.

미친 바람은 적이 없고, 일도는 하늘을 진동시킨다는 다소 오만함이 넘치는 문구였다.

그러나 사내의 정체를 안다면 이 세상 그 어떤 누구라도 사내를 오만하다 욕할 수 없을 것이다.

광마도(狂魔刀) 유승(柳昇).

절대십마의 일인이자 천마성 광풍마혈단(狂風魔血團)의 주인인 그가 의창 변두리에 위치한 낙월객잔에 그 모습을 드러낸 것이다.

유승이 들어서자 객잔에 있던 흑의인들이 한쪽으로 비켜서며 길을 열었다.

그는 성큼성큼 여인이 있는 곳으로 발걸음을 옮겼다.

"혈화. 그 악취미는 여전하군."

여인 앞에 도착한 유승이 여인의 발을 아직도 핥고 있는 양무철을 쳐다보곤 말했다.

혈화(血花). 이 두 글자를 사용하는 여인은 무림에 단 한 명밖에 없었다.

혈화마녀(血花魔女) 사마란(司馬蘭).

광마도와 마찬가지로 절대십마의 일인인 그녀는 십 년 전 정마전쟁 때 독문무공인 혈사장(血蛇掌)으로 수백에 달하는 정파인들의 목숨을 앗아간 희대의 마녀였다.

아름다운 외모와는 어울리지 않게 워낙 피를 좋아하는지

라 사람들은 그녀를 가리켜 혈화마녀라고 불렀다.

경멸의 뜻을 담아 만들어진 별호였지만 사마란의 마음에는 쏙 드는 별호였다.

"어땠어요?"

사마란이 유승을 올려다보며 물었다.

"시시하더군."

"그래도 잠원마공은 줬겠죠?"

"……."

유승의 침묵은 긍정의 뜻을 나타내었다.

"거봐요, 당신이 더 악취미라니까."

"기회를 줬을 뿐이다."

그 말에 사마란이 한참 동안이나 깔깔대며 웃었다. 이내, 웃음을 멈춘 그녀가 유승을 향해 말했다.

"여기서 문제. 복수를 하고 싶은 사람에게 기회를 주는 것과 복수를 하게끔 만들어 놓고 기회를 주는 것. 과연 둘 중에 무엇이 맞을까요?"

"…답이 없는 질문이군."

"정답!"

짝짝짝.

혼자 박수를 치던 사마란이 말을 이었다.

"그렇죠. 악행(惡行)엔 답이 없죠. 호호호."

“…….”

유승은 더 이상 그녀와 말을 섞고 싶지 않았다. 사마란과 얘기를 나누면 자신도 유치해지는 기분이 들었던 것이다.

그는 품속에 있던 한 개의 비수(匕首)를 사마란 앞에 꺼내 놓았다.

“헤에, 이 귀한 망혼비(亡魂匕)가 어떻게 형문파 같은 시골 문파에 있었담?”

비수를 본 사마란이 감탄 섞인 목소리로 말을 이었다.

“이걸로 회수할 흑암칠병은 세 개밖에 안 남았네요?”

“세 개나 남았지.”

유승은 귀찮다는 표정을 지었다.

그는 탁자 위에 놓인 망혼비를 쳐다봤다. 사실 성(城)의 명령만 아니었으면 이딴 비수는 찾지도 않았을 것이다. 그에게 흑암칠병은 자신을 귀찮게 만드는 애물단지였다.

그러나 유승에게 한낱 애물단지밖에 안 되는 흑암칠병은 강호에선 전설(傳說)로 전해지는 물건이었다.

흑암칠병(黑暗七兵)을 가지는 자, 세상의 중심에 다가설 것 이다.

세상을 증오했다는 천재 대장장이가 만들어낸 일곱 개의

병기, 흑암칠병을 가리켜 내려져 온 전설이었다.

전설의 무기로 일컬어지는 흑암칠병이 유승과 사마란, 두 사람의 입에서 튀어나왔다.

놀라운 일이었다. 그 존재가 너무 귀해 하나만 나타나더라도 강호에 피바람을 몰고 다니는 흑암칠병이다.

그런데 그런 물건을 천마성은 지금 네 개나 회수했다고 말하고 있는 것이다.

사마란이 망혼비를 품 안으로 소중히 갈무리하며 물었다.

"그보다 뒤탈은 없겠죠?"

유승의 악취미가 언제나 걱정인 천마성이었다.

다행히 지금까지는 별탈이 없었지만 앞으로는 또 모를 일이었다.

더욱이 이번엔 형문파를 중원 지도에서 아예 지워버렸다. 무림맹(武林盟)이 움직일 동기로 충분했던 것이다.

아직은 노출되어선 안 된다는 게 천마성과 그녀의 생각이었다.

그런 그녀에게 유승은 덤덤한 목소리로 말했다.

"어차피 시골 문파의 말을 들어줄 만큼 무림맹은 한가하지 않아. 잠원마공을 받은 놈 이외엔 그 어떤 증거도 남아 있지 않으니까. 뒤처리는 백면귀(白面鬼)들이 맡았다."

사마란은 고개를 끄덕였다. 제멋대로인 유승은 믿을 수 없지만 백면귀라면 충분히 믿을 만했다.

그들이라면 단 한 치의 실수도 없이 모든 흔적을 지웠을 것이다.

"그리고 알지 않나? 잠원마공은 보고 익힌다고 해서 그 진체(眞體)를 알아낼 수 없다는 사실을."

'그렇죠. 잠원마공의 실체는……'

문득 사마란은 아래를 내려 보았다. 양무철이 여전히 성심성의를 다해 자신의 발을 핥고 있었다.

그녀는 양무철의 머리를 다시 한 번 쓰다듬어 주며 속으로 생각했다.

'……죽어봐야만 알 수 있겠죠.'

덜덜덜.

오싹한 살기에 양무철의 전신이 떨리고 있었다.

*　　*　　*

"그것은 아마도 강시화(殭屍化) 같다네."

"네?!"

웬만한 일에는 좀처럼 놀라지 않는 진백운이지만 이번만큼은 놀랄 수밖에 없었다.

진백운은 애써 놀란 감정을 추스르고 물었다.

"왜 그리 생각하십니까?"

그의 질문에 백리휘명이 말을 이었다.

"십 년이라네, 이 마공을 익힌 지가. 과연 마공이라는 이름이 붙을 만하더군. 단전이 깨졌는데도 불구하고 익히면 익힐수록 엄청난 힘이 생기는 걸 느낄 수 있었네."

진백운은 가만히 그의 이야기를 경청했다.

"처음에는 복수할 수 있다는 생각에 밤을 세워가며 익혔네. 한 일 년쯤 지났나? 어느 날 갑자기 궁금해지기 시작하더군. 단전도 없는데 이런 막강한 힘이 과연 어디서 나오는지가. 그때부터일세. 잠원마공을 연구하기 시작한 것은."

진백운은 세삼 백리휘명의 집념에 감탄했다.

무려 구 년 동안 하나의 무공만 연구한다는 것은 보통 사람이 할 수 있는 일이 아니었다.

익히는 것과 연구하는 것은 엄연히 다르다.

익힌다는 건 연습(練習)이라 한다. 그 말 그대로 익혀서 습관이 되게 한다는 뜻이다. 그렇기에 익힘은 습관만 어느 정도 형성되면 그 목적을 달성했다고 볼 수 있다. 이후부터는 꾸준한 반복일 뿐이다.

그러나 연구(硏究)는 이와는 다르다. 끝을 볼 때까지 갈고 또 가는 것. 이것이 연구의 뜻이다. 그렇기에 연구한다는 것은 그 끝을 볼 때까지 결코 끝나지 않는다. 볼 때마다 그 답이 달라지는 것. 그것이 연구인 것이다. 결국 끝이 없다는 말이었다.

그런 면에서 볼 때 구 년 동안 하나의 무공을 연습하는 일은 비교적 쉽다. 꾸준히 반복만 하면 되기 때문이다.

그러나 무려 구 년 동안 하나의 무공을 연구하는 일은 어렵다. 매일매일 그 답이 달라지기 때문이다.

매일 바뀌는 답을 가진 하나의 문제를 구 년 동안 풀고 싶어 할 이가 과연 세상에 몇이나 될까.

웬만한 인내로는 할 수 없는 일을 백리휘명은 하고 있었던 것이다.

감탄하는 진백운의 귀로 백리휘명의 말이 이어졌다.

"마공을 익히면서 한편으론 마공을 연구하기 시작한 것이지. 그러던 어느 날이었어. 잠원마공 구결 분석에 매달리던 나는 서적을 뒤적이다가 실수로 종이에 손가락을 베이고 말았다네. 놀라운 일은 그때 일어났지. 피가 너무 빨리 멎더군. 또한 통증조차 느끼지 못했어."

"……."

씁쓸한 그의 목소리에 진백운은 아무 말도 하지 못했다.

백리휘명이 계속해서 말했다.

"불현듯 머릿속에 무언가 떠오르더군. 그래서 내 몸을 이용해 실험해 보기로 했지. 칼을 들고 허벅지를 한번 찔러봤다네. 결과는 마찬가지였어. 언제 그랬냐는 듯이 상처는 빠르게 아물었고 이번에도 통증은 느껴지지 않았지.”

“그렇다면 단순하게 그 효과가 매우 좋은 호신공(護身功)의 일종으로도 볼 수 있지 않을까요?”

그의 말이 끝나자 진백운은 곧바로 다른 가설(假設)을 제시했다.

이에 백리휘명은 고개를 가로저으며 말했다.

“나도 그 생각을 안 해본 것은 아니네. 허나 그리 간단히 여기기엔 뭔가 석연치 않은 구석들이 있어. 우선 천마성의 인물인 광마도가 주었다는 점. 또한 대부분의 호신공들이 내공을 기반으로 한다는 점. 잠원마공은 단전이 한 번 깨진 사람만이 익힐 수 있다는 점일세.”

“음…….”

그의 말에 진백운은 낮은 신음을 삼켰다.

백리휘명의 주장이 꽤나 설득력이 있었기 때문이다. 또한 정말 그의 말이 옳다면 잠원마공을 익힌 자들은 거의 무적(無敵)이나 다름없었다.

만약 잠원마공이 세상에 퍼지게 된다면 다른 무공은 존재의 의미를 상실하게 되는 것이다.

이는 무림의 판도를 뒤엎을 만한 일이었다.

“무섭군요.”

진백운은 솔직한 심정을 털어놓았다.

"그렇지. 이런 회복 속도에 거기다 통증조차 못 느끼는 자들과 어찌 대적할 수 있겠는가. 그리고 더 큰 문제는 이 마공이 다른 곳도 아닌 천마성에서 나왔다는 것이네……."

"음."

천마성(天魔城). 진백운이 세상에 나온 이후로 가장 많이 들었던 이름이자 그가 세상으로 나온 이유 중 하나였다.

"물론 어디까지나 내 개인적인 추측일 뿐이네."

천마성을 생각하던 진백운의 귀로 백리휘명의 음성이 들려왔다.

그가 계속해서 말했다.

"허나 잠원마공이 사람을 강시화시키는 마공이란 내 주장이 옳고 천마성이 이를 통해 무언가를 꾸미고 있는 게 틀림없다면 단 하나의 사실만큼은 분명할 걸세."

"그것이 무엇입니까?"

진백운의 물음에 백리휘명이 잠시 뜸을 들이고 답했다.

"이 세상 모든 마공의 주인은 천마(天魔). 즉, 마(魔)로 이루어진 강시의 주인도 결국 천마라는 사실일세."

"!"

유운전의 공기가 무겁게 가라앉았다.

　　　　　　　*　　　　*　　　　*

툭.

양무철의 앞으로 한 권의 서적이 던져졌다.

"앞으로 네가 익힐 무공이야, 맘에 들지?"

혈화마녀 사마란이 예의 그 화사한 미소를 지으며 말했다.

양무철은 떨리는 시선으로 책을 쳐다봤다. 잠원마공(潛原魔功)이란 네 글자가 쓰여진 무공이었다.

유승과 사마란의 얘기로 미루어볼 때 이 무공은 상당히 위험한 듯했다. 아니 굳이 두 사람의 대화가 아니더라도 마공(魔功)이란 무공 자체가 위험을 항상 동반하는 무공이지 않은가.

"흐응～ 맘에 안 드나 보네?"

고민하는 양무철의 귀로 사마란의 콧소리가 들려왔다.

'헉!'

소름이 돋은 그는 서둘러 잠원마공을 잡았다. 죽음이란 두 글자가 순식간에 머릿속을 스쳤기 때문이다. 책을 잡은 그는 바짝 고개를 숙인 채로 말했다.

"아, 아닙니다. 마음에 듭니다. 아, 암요, 들고말고요."

"그렇지?"

사마란은 만족스런 미소를 지었다.

“소모품으로 쓸 생각인가?”

그런 사마란을 향해 유승이 덤덤한 목소리로 물었다.

그녀가 웃으며 대답했다.

“왜 그렇게 생각하세요? 혹시 알아요? 이 귀여운 강아지가 흑암칠병 중 하나를 갖게 될지?”

“그럴 가능성은 없어 보이는군.”

유승은 단호한 음성으로 결론을 지었다.

“어머? 무시하지 말라고요. 이렇게 말 잘 듣는 애가 얼마나 빨리 배우는데.”

“알지 않나? 흑암칠병과 공명(共鳴)하기 위해선 강력한 증오(憎惡)가 필요하단 사실을.”

“당연히 알죠. 하지만 이 녀석은…….”

자리에서 일어난 그녀는 양무철에게로 다가가 다시 한 번 머리를 쓰다듬으며 말을 이었다.

“제 말만 잘 듣는 개라고요.”

즉, 다른 사람을 향한 증오는 양무철도 충분하다는 사실을 말하는 것이었다. 또한 필요하다면 사마란 그녀가 직접 그렇게 만들어줄 생각이었다.

시골 객잔에서 발견한 이 말 잘 듣는 개는 그녀의 마음에 쏙 들었던 것이다.

“이번엔 얼마나 갈까 궁금하군.”

자리에서 일어나며 유승이 건조한 목소리로 말했다.

이 여자의 마음은 갈대보다 더했다. 사마란은 절대 하나의 장난감에 만족하는 성격이 못 된다. 그녀의 싫증은 번개보다 빨랐고, 새로운 장난감을 보면 기존의 것은 즉시 폐기처분 당한다.

유승이 보기엔 양무철의 수명은 새로운 장난감이 나타나기 전, 딱 거기까지였다.

흑암칠병과 공명하지 못한다면 천마성을 위한 강시로서 모든 잠력(潛力)을 소모하고 생을 마감할 운명인 것이다.

"이번엔 진짜 마음에 든다고요."

"그렇다면 저 녀석에겐 다행이고. 물론 흑암의 주인이 돼야겠지만."

"물론 그렇죠."

더 이상 나눌 얘기가 없어진 유승은 한쪽에 내려놓은 자신의 도를 어깨에 메며 등을 돌렸다.

"또 어디로 가시려고요?"

워낙 바람 같은 유승이다. 한번 행적을 놓치면 좀처럼 찾기가 힘들었다. 이제 곧 성주인 천마(天魔)가 길었던 십 년 연공을 끝내고 다시 세상으로 나온다. 당연히 절대십마 또한 한자리로 모여야 하는 것이다.

그렇기에 사마란은 유승의 소재지를 파악할 필요가 있었다.

객잔 문을 나서며 유승이 답했다.

"이번 청운대회에 흑호검(黑虎劍)이 걸렸다더군. 잠깐 바람 좀 쐬고 오도록 하지."

광마도 유승의 발걸음이 청운대회의 개최지인 낙양(洛陽)으로 향했다.

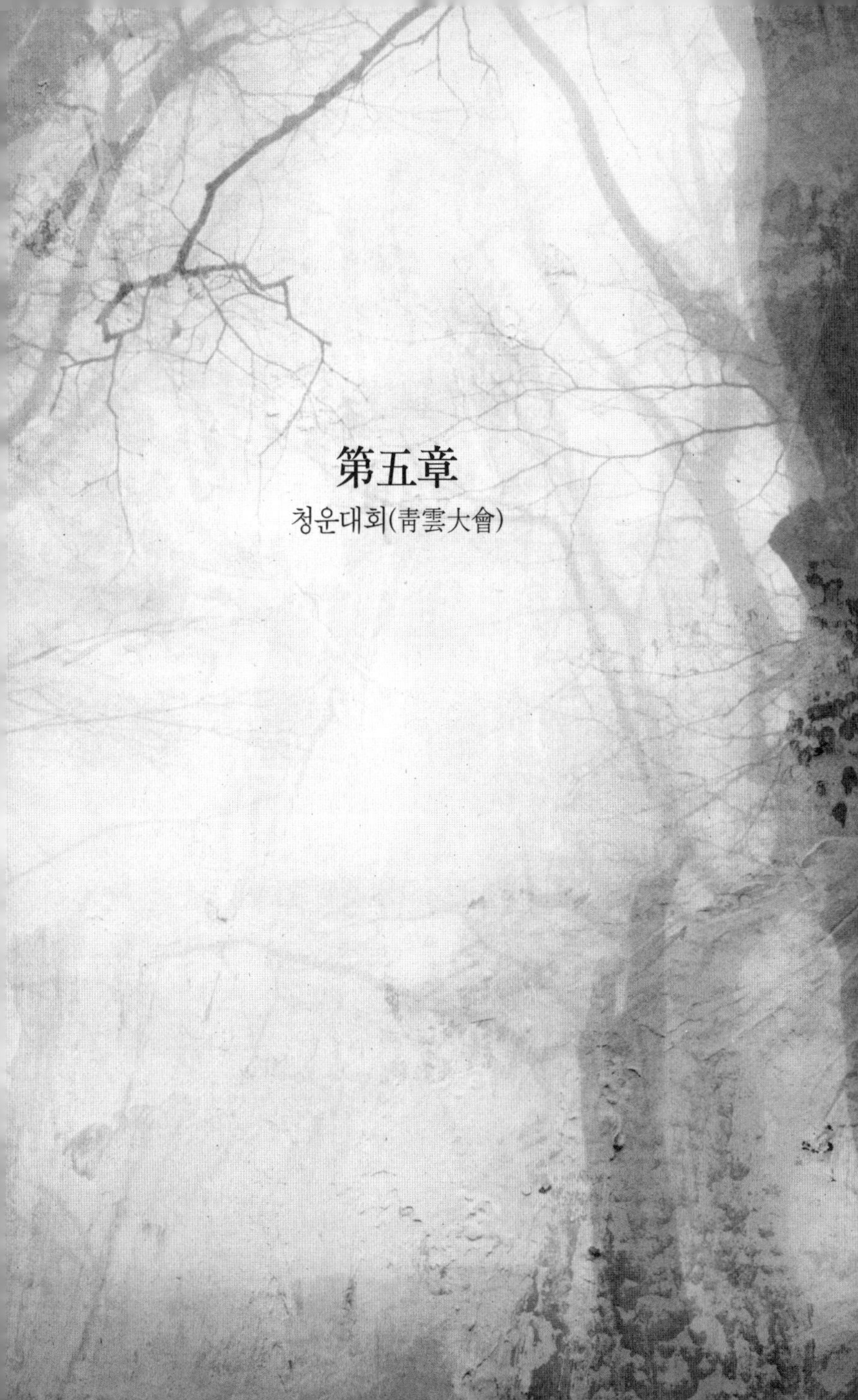

第五章

청운대회(靑雲大會)

봄은 생명이 새롭게 움트는 계절이다.

만연한 봄의 기운을 받아서인지 백리세가도 예전과는 달리 활력을 되찾아가고 있었다.

양무철이 사라지고 난 뒤, 개과천선(改過遷善)한 추성비룡단은 그 옛날의 영광을 재현하기 위해 수련에 박차를 가했고, 세가의 모든 사람이 서로서로 협력하며 구슬땀을 흘렸다.

아직 눈에 도드라지는 변화는 없지만 진백운은 처음 자신이 올 때와 지금의 백리세가는 무척이나 많이 바뀌었다는 사실을 실감할 수 있었다.

무사들의 기합소리, 사람들의 웃음소리가 이를 증명해 주고 있었던 것이다.

수신제가치국평천하(修身齊家治國平天下). 안으로부터 시작되는 이런 작은 변화들이 언젠가 천하를 호령하게 될 것은 세상의 당연한 이치였다.

백리세가는 지금 멀리 뛰기 위해 잠시 웅크린 상태일 뿐이다. 기회만 생긴다면 언제든 저 멀리 힘찬 도약이 가능한 세가였다.

"공자님, 뭐하세요?"

요깃거리를 내려놓으며 심청이 진백운을 향해 물었다.

"풍류(風流)를 즐기고 있단다, 청아."

"풍류요? 아무것도 없는데…?"

진백운의 말에 심청은 주위를 둘러보았다. 그러나 주위엔 풍류를 대변하는 악기나 술, 문방사우(文房四友) 같은 것들이 하나도 없었다.

"피이~ 거짓말쟁이."

어느덧 진백운과 매우 가까워진 심청이 볼을 부풀리며 혼자 중얼거렸다.

그 모습에 진백운은 빙긋 미소를 지어 보였다.

이번엔 그가 심청을 향해 물었다.

"왜 그렇게 생각하니?"

"그렇잖아요. 풍류라 함은 풍치가 있고 멋스럽게 노는 일인데 주변엔 이를 도와주는 음악을 위한 악기, 고상한 시와 그림을 위한 문방사우, 무엇보다 풍류의 대명사인 술이 없잖아요."

그러면서 심청은 팔짱을 꼈다.

마치 그 태도가 '내 말이 틀렸나요?' 라고 진백운에게 묻는 듯했다.

물론 진백운의 시선은 상당한 크기를 자랑하는 심청의 가슴으로 모였지만 말이다.

여동생 같은 심청이지만 남자의 본능은 어찌할 수 있는 게 아니었다.

"흠흠."

겨우 심청의 가슴에서 시선을 거둔 진백운이 마른 헛기침을 두어 번 내뱉으며 말을 이었다.

"네 말도 맞지만 청이 네가 생각하는 풍류와 내가 생각하는 풍류는 좀 다르구나."

그는 하늘을 올려다보며 말했다.

"어떻게 다른데요?"

어느새 진백운의 곁에 앉은 심청이 그를 바라보며 물었다.

"내가 생각하는 풍류란 자연과 함께하는 것이란다. 자, 눈을 감고 들어보려무나. 무엇이 들리지?"

심청은 진백운이 시키는 대로 눈을 감고 무슨 소리가 나는 지 들어보았다.

그러나 아무 소리도 들리지 않았다. 이에 심청은 솔직하게 말했다.

"아무것도 안 들리는데요?"

"마음을 차분히 가라앉히고 모든 감각을 귀에 집중시켜 보렴. 그리고 기다리면 틀림없이 들릴 것이란다."

심청은 그의 지시를 그대로 실천했다.

얼마나 시간이 지났을까. 이윽고 심청의 귀에 미약한 소리들이 들리기 시작했다. 그리고 그 소리는 점점 커지면서 이제는 심청의 귀에 울려 퍼지고 있었다.

바람이 부는 소리, 나무가 흔들리는 소리, 새가 우는 소리, 이러한 소리들이 한데 모여 심청의 귀에서 아름다운 연주를 만들어냈다.

눈을 감은 심청이 미소를 짓는 것을 본 진백운이 말했다.

"어떠냐? 들리지?"

"네, 들려요."

"그것이 네가 필요하다던 음악(音樂)이란다. 자, 그럼 이제 눈을 떠보아라."

그의 말에 따라 심청이 눈을 떴다.

진백운은 이번엔 하늘을 가리키며 말을 이어나갔다.

"저기 저 구름이 보이니?"

"어떤 구름이요?"

"저~어~기 저거."

한참을 그의 손가락을 따라다니던 심청은 드디어 진백운이 가리키는 구름을 찾을 수 있었다.

심청이 구름을 찾자 진백운이 물었다.

"저 구름이 청이 네 눈엔 뭐로 보이니?"

"음……."

그녀는 한참 동안이나 구름을 쳐다보았다. 그러다 이내 손바닥을 탁 치며 진백운을 향해 말했다.

"아! 사슴이요!"

"그래? 내 눈엔 호랑이로 보이는데?"

진백운의 말에 심청이 자신의 손가락을 이용해 하늘에 대고 사슴 형상을 그려 보였다.

"자, 봐 봐요. 이렇게, 이렇게, 이렇게! 완전 사슴이잖아요. 저게 어떻게 호랑이에요?"

심청의 반응에 진백운이 그녀를 향해 말했다.

"이렇게, 이렇게, 이렇게!"

"어?!"

신기한 일이었다. 분명 좀 전까지만 해도 사슴이던 구름이 진백운의 손짓에 호랑이로 바뀌는 것이었다.

분명 구름은 그 형상 그대로인데도 말이다.

"어? 어떻게 된 일이에요?"

놀란 심청의 질문에 진백운이 웃으며 답해주었다.

"그것은 하늘이 종이이고 네 손가락과 내 손가락이 붓이기 때문이란다. 서로 다른 그림을 그리니 그림이 달라질 수밖에. 어떠냐? 이것이 네가 말한 미술(美術)이란다."

"……."

심청은 신기한 경험에 아무 말도 할 수 없었다. 그러나 아직 마지막이 남아 있었다. 풍류의 꽃, 주도(酒道)를 빼놓고 어찌 풍류를 말하겠는가.

그녀가 진백운에게 말했다.

"좋아요, 인정! 그런데 술은 어떻게 설명하실 거예요? 보아하니 술은 자연에서는 좀처럼 찾기 힘들어 보이는데."

그 말에 진백운은 고개를 끄덕이며 말했다.

"그렇단다. 술을 대체할 만한 게 자연엔 없단다. 그런데 그거 아니, 청아?"

"뭘요?"

"풍류는 자연에서 출발하지만 결국 사람을 향한다는 걸."

알 수 없는 말에 심청은 고개를 갸우뚱거렸다.

이에 진백운이 간단하다는 듯이 웃으며 말을 이었다.

"한번 이렇게 설명해 볼까? 술을 마시면 어떤 증상이 생길까?”

“으음…….”

진백운의 질문에 심청은 턱을 괴고 자신이 술 마셨을 때의 느낌을 떠올려 보았다.

“음…. 기분이 좋아지고 얼굴이 빨개지고 심장이 두근대요.”

“그렇지!”

심청의 말에 진백운이 자신의 무릎을 탁 치며 그 의견에 동의했다.

“자, 그러면…….”

말을 하면서 진백운의 몸이 심청에게 점점 가까워졌다. 그의 신형은 거의 코와 코가 닿을락 말락 할 정도까지 가까워지고서야 멈췄다.

그렇게 되자 심청은 지척에서 진백운의 체향(體香)과 호흡을 느껴야만 했다.

그녀는 기분이 좋아지고, 얼굴이 빨개지고, 심장이 미칠 듯이 쿵쾅대는 것을 느꼈다.

잠깐의 시간이 지나고 진백운이 심청에게서 다시 몸을 떨어뜨리고 하늘을 보며 말했다.

“사람과 사람이 자연과 함께 어울려 노니 이것이 풍류가 아니라면 과연 무엇이 풍류이겠느냐?! 파하하하.”

그는 하늘을 향해 맘껏 웃어 보였다. 그러나 그 웃음은 얼마 가지 못했다. 한 줄기 음성이 들려왔기 때문이다.

"어린아이 꾀기엔 안성맞춤이네요. 그 풍류 저한테도 알려 주시겠어요?"

진백운이 등을 돌려 보니 백리연이 한심한 표정으로 팔짱을 낀 채 자신을 보고 있었다.

그는 살짝 실망한 표정을 지어 보였다.

진백운이 그런 표정을 지은 이유는 자연스럽게 시선이 갔기 때문이었다.

그리고 그녀의 것은 심청의 것에 못 미쳤던 것이다.

*　　　*　　　*

쨉쨉.

그나마 참새 소리가 어색함을 달래 주었다.

심청이 내온 다과를 앞에 두고 진백운과 백리연이 마주 앉아 있었다.

진백운은 무안함에 뒷머리를 긁적였다. 하필이면 청이를 데리고 장난 좀 치고 있을 때 방문할 줄이야.

'응? 그런데 내가 왜 이래야 하지?'

생각해 보니 딱히 죄를 지은 것도 아니고 진백운은 자신이 무안해할 이유를 도저히 찾을 수 없었다.

그는 자신감 있게 행동하기로 마음먹었다. 그렇게 결정한 그는 최대한 여유롭게 차를 입에 가져다댔다.

"진 공자님."

"아뜨뜨! 으으~ 네?"

하필 그 시점에 말을 거는 백리연 탓에 혀를 데인 진백운이 엉겁결에 대답했다.

이상하게 이 여자하고만 있으면 이 모양 이 꼴이다.

심청과 빠르게 친해지는 걸 보면 문제는 자기 자신이 아니었다. 그는 두 사람 사이의 문제는 분명 백리연 쪽에 있다고 생각했다.

"청운대회라고 아세요?"

그런 생각을 하고 있는 진백운에게 백리연이 물었다.

"청운대회요?"

생전 처음 들어본다는 표정으로 진백운이 답했다. 그는 무림의 정사(政事)에 대해선 까막눈이었다. 굳이 알 필요가 없었기 때문이다. 또 원한다면 언제든 알려줄 사람들이 그의 주변엔 차고도 넘쳤다.

어찌됐든 청운대회는 진백운이 처음 들어보는 것이었다.

"역시 모르시는군요."

"음."

백리연은 사실을 말했을 뿐인데 이상하게 기분이 나빠진다. 마치 엄청 무식한 놈이 된 것 같은 기분이다.

"말 그대로 청운(靑雲)의 꿈을 안은 젊은 무인만 출전할 수 있는 대회예요."

"아, 연령 제한이 있군요?"

진백운의 물음에 그녀는 고개를 끄덕이며 말을 이었다.

"맞아요. 약관(弱冠 : 약 20세)부터 이립(而立 : 약 30세)까지만 출전이 가능하죠. 공자의 나이도 그쯤 아닌가요?"

"그렇소만."

"그런데 정확히 나이가 어떻게 되죠?"

그동안 진백운의 정확한 나이가 궁금했던 그녀가 조심스레 물었다.

"올해로 스물일곱이오."

"……."

"왜 그러시오?"

"동안이시네요."

그동안 조심스레 진백운을 이십 대 초반일 거라 생각했던 그녀의 대답이었다. 많이 쳐줘야 스물 셋, 넷 남짓으로 생각했는데 예상보다 나이가 많았던 것이다.

그렇다고 쳐도 나이에 어울리지 않게 강한 무공을 소유하긴 했지만.

"뭐, 고맙소."

그는 칭찬이 살짝 민망한지 볼을 붉으며 말을 이었다.

"그런데 갑자기 나이는 왜 묻소?"

"그냥 궁금했어요. 그럼 진 공자, 혹시 청운대회에 나가 볼 생각은 없어요?"

"청운대회라……."

그녀의 말에 그가 잠시 생각하는 표정을 지었지만 별로 구미에 당기진 않았다.

"딱히 별 생각은 없소."

그는 단호히 거절의 의사를 내비쳤다.

"왜요? 진 공자 정도의 수준이면 본선에는 그냥 올라갈 텐데…, 아니 본선이 뭐예요? 우승까지도 노려볼 수 있잖아요?"

백리연의 말은 진심이었다. 그도 그럴 것이 진백운 정도의 실력자는 처음 본 것이다. 그녀 생각엔 그토록 소문이 무성한 승천칠성(昇天七星)도 진백운보단 못하지 싶었다.

무엇보다 이번 청운대회에 나오는 승천칠성도 단 두 명밖에 없었다. 그렇다면 그 두 명만 피한다면 무난히 준결승까지 올라간다는 결론이 나왔다.

"우승하면 뭔가 좋은 거라도 있나 봅니다?"

"당연하죠! 그걸 말이라고 해요?"

백리연은 당연하다는 듯이 열을 올렸다.

그녀가 계속해서 말했다.

"이번 청운대회 우승자에게 걸린 상품이 바로 흑호검(黑虎劍)이라고요. 알아요? 그 유명한 흑암칠병(黑暗七兵) 중에서도 암룡창(暗龍槍)과 함께 수좌를 다툰다는 바로 그 검이요. 거기다 청운대회는 무림의 등용문(登龍門)이에요. 본선에 오르기만 해도 앞으로의 미래는 탄탄대로라고요! 탄탄대로!"

그녀는 속사포처럼 말을 쏟아냈다.

진백운은 그런 백리연을 물끄러미 바라보고 있다가 그녀가 말을 멈추자 자신의 생각을 얘기했다.

"음, 백리 소저, 들어보시오. 난 말이오, 흑호검도 필요 없고 등용문에 굳이 오르고 싶은 마음도 없소."

"……."

백리연은 멍한 표정을 지어 보였다. 이 남자는 자신의 무위가 아깝지도 않단 말인가, 입신양명(立身揚名)의 생각도 없단 말인가. 도저히 진백운을 이해할 수 없었던 그녀가 물었다.

"그럼 진 공자는 뭘 하고 싶으세요?"

"네?"

"아니, 그렇잖아요. 누구나 하고 싶은 일이 있잖아요. 진 공자는 그런 거 없어요? 그토록 강한 무위를 가지고도?"

"음."

딱히 생각해 본 적이 없는 문제였기에 그는 짧은 신음성을 내뱉었다. 그리곤 곰곰이 생각해 보았다. 하고 싶은 일. 과연 자신이 하고 싶은 일은 무엇일까? 그러나 일견 간단해 보이는 답은 의외로 나오지 않았다.

해야 하는 일이라면 가지고 있다.

은원(恩怨)의 사슬을 끊는 것.

우선 백리세가에 빚진 구명지은(求命之恩)을 갚고, 원수를 갚으러 떠날 것이다.

하지만 그것은 해야 할 일이지 하고 싶은 일은 아니었다.

백리연의 질문으로 인해서 진백운은 이 두 가지가 비슷한 것 같으면서도 확연히 다르다는 사실을 깨달았다.

물론 둘 다 뚜렷한 목적성을 띠고 있다.

그러나 해야 하는 일이 타의(他意)에 의해서 그 목적을 가진다면, 하고 싶은 일은 자의(自意)에 의한 것이다.

'그러고 보니 나는 이와 같은 고민을 해본 적이 없다…….'

망치로 머리를 얻어맞은 것 같았다.

아마도 어릴 때부터 주어진 막강한 무공과 충분한 재산, 그리고 정해진 직업이 스스로의 삶의 목적을 가리고 있었나 보다.

'훗, 연 소저 덕분에 중요한 사실을 깨달았구나.'

진백운은 기분 좋은 미소를 지으며 백리연을 바라봤다.

이내 그는 백리연의 질문에 대답했다.

"솔직히 생각을 안 해본 문제요."

"그럼 오늘부터라도 한번 생각해 보세요. 하고 싶은 일이 없다는 건 매우 불행한 일이에요."

"알겠소, 그러리다."

그 대답을 끝으로 다시 어색한 침묵이 찾아왔다. 이상하게 두 사람이 함께만 있으면 자주 찾아오는 침묵이었다.

진백운이 어색한 분위기를 풀어보고자 백리연에게 말을 건넸다.

"그럼 소저가 하고 싶은 일은 뭐요?"

"세가를 무림오대세가(武林五大世家) 안에 들게 하는 거요."

백리연은 일말의 고민도 않은 채 답했다.

그 모습을 보며 진백운은 묘한 동질감을 느꼈다. 자신과 마찬가지로 백리연도 타의에 의한 삶을 살고 있다는 기분이 들었던 까닭이다.

이에 진백운은 그녀에게 말했다.

"그건 해야만 하는 일이지, 하고 싶은 일은 아니지 않소."

"……"

역시나 백리연도 쉽게 말을 잇지 못했다.

아마 조금 전 자신이 느꼈던 감정과 같은 감정을 느끼고 있을 것이다.

진백운은 그녀를 향해 좀 더 구체적인 질문을 던졌다.

"나는 세가를 제외한 소저 자기 자신이 원하는 일을 말해 줬으면 좋겠소. 혹시 소저도 없는 것이오?"

"……."

물론 있다.

그러나 그것은 진백운에게는 말할 수 없는 것이었다. 들으면 웃을 게 뻔하기 때문이다.

강호에 빙면화(氷面花)로 알려진 자신의 꿈이 고작 '백마 탄 왕자님에게 시집가는 것'이라고는 차마 밝힐 수 없었던 것이다.

백리연은 속으로 그런 생각을 하고 있다가, 엉겁결에 진백운과 눈이 마주쳐 버렸다.

화끈.

이내 그녀의 볼이 빨갛게 달아오르기 시작했다.

아무것도 모르는 진백운이 걱정스런 음성으로 물었다.

"응? 왜 그러시오, 갑자기. 볼이 빨개졌소. 혹시 어디라도 아픈 것이오?"

"모, 몰라욧!"

그녀는 서둘러 자리에서 일어났다.

"어쨌든 진 공자의 뜻은 잘 알았어요. 그럼."

"아, 그럼 살펴가시오."

진백운은 엉겁결에 그녀의 인사를 받았다. 그리고 이미 백리연은 황급히 발걸음을 옮기고 있었다.

"뭐야 갑자기?"

그는 황당한 표정을 지은 채 멀어져 가는 백리연을 보며 중얼거렸다.

*　　　*　　　*

달빛이 어슴푸레 비추는 거리의 밤은 언제나 이런 사람들로 주를 이뤘다.

삶의 애환을 풀고자 술을 찾는 사내들.

그런 사내들을 유혹하려 나온 여인들.

어느 시대든 어떤 곳이든 예외는 없었다. 밤이 존재하고 인간이 존재하는 한 언제나 밤거리는 이런 풍경을 연출할 것이었다.

잠시 백리세가를 나온 진백운은 홀로 이러한 밤거리를 걷고 있었다. 발걸음을 옮기면서 그는 무언가를 골똘히 생각하는 듯 보였다.

금일(今日) 자시(子時) 금화루(金花樓)

　　　　　　　　　　　－화영(花榮).

　진백운은 다시 한 번 품 안에 있던 서신(書信)을 꺼내 읽어
보았다.

　'여전하군, 짧게 쓰는 건…….'

　그는 자신에게 서신을 보낸 인물을 머릿속으로 떠올렸다.
예전과 똑같은 그 습관이 한편으론 기뻤고 한편으론 씁쓸하
게 느껴졌다.

　그렇게 한참 동안 걸음을 옮기던 진백운의 발걸음은 호화
찬란한 주루(酒樓) 앞에 이르러서야 멈출 수 있었다.

　금화루(金花樓). 바로 서신에 적혀 있던 약속 장소였다.

　"혼자 오셨나요?"

　진백운이 입구 앞으로 다가서자 주루에서 일하는 소녀가
그의 곁으로 다가와 물었다.

　"아니, 한 명 더 올 거야."

　"그럼 두 분이시군요? 제가 안내해 드리겠습니다."

　그녀의 말에 진백운은 고개를 끄덕였다. 이윽고 소녀의 뒤
를 따라 주루 안으로 들어선 진백운은 창가 쪽 조용한 자리로
안내되었다.

　"바로 주문하시겠어요?"

"음, 죽엽청(竹葉靑)하고 그에 어울리는 안주로 부탁하마."

소녀의 질문에 진백운이 주문을 했다. 그러나 그때 주문을 취소시키는 목소리가 갑자기 들려왔다.

"죽엽청은 너무 독하잖아, 검남춘(劍南春)으로 부탁할게."

어느새 진백운 곁으로 다가온 여인이 미소를 지으며 말했다.

월궁(月宮)의 항아(姮娥 : 전설 속 미녀)가 이러할까. 너무도 아름다운 여인의 미모에 주문을 받던 소녀는 잠시 동안 아무 말도, 아무 행동도 할 수 없었다.

보다 못한 진백운이 소녀의 나가 있던 정신을 되돌렸다.

"여기 검남춘으로 바꾸마."

"아, 네, 아, 알겠습니다."

겨우 주문을 다 받은 소녀가 멀어졌고, 여인은 진백운의 맞은편에 앉았다.

진백운이 여인을 향해 사무적인 음성으로 물었다.

"무슨 일이지, 화영? 분명 당분간 영업 정지라고 했을 텐데?"

"알아. 그래서 의뢰는 안 받는 중이라고."

"……."

그런데 왜 왔을까? 진백운은 순간 의문이 들었다. 지금까지 딱히 천살행(天殺行)과 관련된 일이 아니라면 좀처럼 얼굴을 볼 수 없었던 그녀였기 때문이다.

"뭐, 겸사겸사 왔지."

화영은 일단 자신이 찾아온 이유를 두루뭉술하게 넘겼다.

그런 그녀에게 진백운은 빈정대는 말투로 전음(轉音)을 날렸다.

―천하의 하오문주가 할 일이 그렇게 없어?'

만약 진백운이 이 말을 전음으로 하지 않고 육성(肉聲)으로 냈다면 이곳 주루에 있던 모든 사람들이 깜짝 놀라 자빠졌을지도 모르는 일이었다.

하오문(下午門)은 중원제일의 신비문파(神秘門派)였고 그런 하오문의 문주의 정체는 비밀, 그 자체였다.

―천하의 천살문주도 놀고 있는데 뭘.

화영도 지지 않고 진백운의 전음을 맞받아쳤다.

이에 그가 한숨을 쉬며 말했다.

"휴우. 진짜 날 찾아온 이유가 뭐야?"

"말했잖아, 겸사겸사라고."

"……."

"그나저나 재밌나 봐?"

화영이 미소를 지으며 진백운을 향해 물었다.

"뭐가?"

"백리세가. 꽤 오래 머무네?"

그러면서 그녀는 전음으로 뒷말을 더했다.

—천살행도 중단하고 말이야.

그 말에 진백운이 덤덤하게 입을 열었다.

"먼저 해야 할 일이 있을 뿐이야."

은원(恩怨)의 고리를 먼저 끊는 게 우선이다. 천살행은 그 다음이었다. 무엇보다 완벽한 살수, 즉 천살(天殺)은 은원에 얽매이는 존재여서는 안 된다. 그렇기에 하루 빨리 백리세가에 은혜를 갚는 게 최우선이었다.

진백운이 그렇게 생각하는 동안 소녀가 다시 술과 안주를 가지고 두 사람 쪽으로 다가왔다. 그리고 이내 탁자에는 술과 안주들이 가득 차려지기 시작했다.

"자, 일단 한 잔 해."

화영이 웃으면서 진백운의 잔에 술을 따랐다.

*　　　*　　　*

청운(靑雲)의 꿈을 안은 젊은이만큼 이 세상에 아름다운 것이 있을까. 그리고 그런 청년들이 모여 벌이는 비무(比武)보다 사람들의 피를 끓게 만드는 것이 또 어디에 존재할까.

주루 안에 있는 거의 모든 사람이 청운대회를 주제로 이야기꽃을 피우고 있었다.

"청운대회라……."

진백운은 자신의 귀에 들려오는 단어를 중얼거렸다.

오늘 낮에 백리연에게서 들었던 내용이었기에 낯이 익었던 것이다.

이에 화영은 신기하다는 표정을 지으며 물었다.

"웬일이래? 무림 일에는 관심 없었잖아?"

"그냥 하도 많이 들어서. 관심은 없어."

진백운이 딱 잘라 말했다.

그러나 그의 말은 얼마 지나지 않아 거짓말이 되어버렸다. 옆에서 들리는 사내들의 대화 소리에 자연스럽게 귀가 기울여졌던 것이다.

"백리세가에선 누가 나갈까?"

"뭐 보나마나 빙면화(氷面花) 아니겠는가? 그 나이 대에 청운대회에 나갈 수준의 인물은 이제 그녀밖에 없을 테니까."

다른 얘기였으면 그냥 지나쳤을 테지만 사내들의 입에서 나온 '백리세가' 라는 네 글자는 차마 지나칠 수 없었다.

"훗, 관심 없다며?"

"……."

놀리는 듯한 화영의 말에 대꾸하는 것도 잊은 채 진백운은 사내들의 대화에 집중하고 있었다.

턱수염이 덥수룩한 사내가 말했다.

"백리세가도 참 답답하군. 똥인지 된장인지 꼭 먹어봐야만 아는가? 다른 사람들 눈에는 뻔히 보이는 결과를 자기네만 모르다니……."

눈이 째진 사내가 그 말을 받았다.

"그러게 말이야, 종이호랑이 주제에 아직도 자신들의 처지를 모르나봐."

그렇게 사내들이 한창 백리세가를 깎아내리고 있을 때, 그들 곁으로 준수하게 생긴 청년이 다가왔다. 이내 그 청년은 사내들의 대화에 본격적으로 끼어들기 시작했다.

"하하, 그렇다면 호북에서는 과연 누가 청운대회 본선에 오를 수 있을 것 같소?"

청년의 질문에 턱수염 사내가 대답했다.

"당연히 승천칠성의 일인이자 무당의 제자인 운중복검(雲中伏劍) 아니겠소?"

그 대답에 청년은 다시 질문했다.

"승천칠성이야 당연한 거 아니오. 운중복검 말고 다른 인물은 또 없소?"

"음……."

사내들은 이 질문에 쉽게 대답을 할 수 없었다. 딱히 떠오르는 젊은 고수가 없었던 까닭이다.

그런 사내들을 보며 답답한 듯 청년이 살짝 운을 뗐다.

"듣자 하니 요즘 호북에선 철검문이 뜬다던데……."

그 말에 턱수염 사내는 이제야 생각이 났다는 듯이 박수를 치며 소리쳐 말했다.

"아, 그렇지! 선풍철검이 있었구먼!"

눈 째진 사내도 함께 맞장구를 쳤다.

"맞아, 맞아. 윤 소협을 깜빡했네그려."

호북에서 백리세가의 위세가 떨어지면 떨어질수록 그만큼 부상(浮上)하고 있는 신흥문파가 바로 철검문(鐵劍門)이었다. 그리고 선풍철검(颮風鐵劍) 윤자명은 그런 철검문의 문주인 윤상의 둘째 아들이었다.

한편, 한쪽에서 가만히 그 얘기를 듣고 있던 화영이 갑작스레 웃음을 터뜨렸다.

"풉."

"앗! 뭐야?! 갑자기?!"

진백운이 인상을 쓰며 그녀에게 말했다. 그녀가 웃으면서 내뿜은 술이 그의 얼굴로 쏟아졌던 까닭이다.

"아, 미안. 너무 웃겨서."

"뭐가 그렇게 웃긴데?"

그는 얼굴에 묻은 술을 닦아내며 말했다.

"저기, 저 청년 말이야."

화영의 말에 진백운이 사내들 곁에 있던 청년을 쳐다봤다.

그녀가 계속 말을 이었다.

"저 청년이 바로 지금 사내들이 얘기하는 선풍철검이거든."

그녀는 그렇게 말을 하면서 연신 킥킥거리며 웃었다.

진백운은 그녀가 웃는 이유를 알 수 있었다. 선풍철검이라 불리는 저 청년이 하는 꼴이 웃겼던 것이다. 스스로가 스스로의 이름을 듣기를 원하다니. 마치 엎드려 절 받는 꼴이었다.

그가 화영에게 물었다.

"저자가 선풍철검이란 걸 어떻게 알았어?"

"내가 누군지 그새 잊은 거야?"

화영의 대답에 진백운은 속으로 자신이 멍청한 질문을 꺼냈단 걸 깨달았다.

그녀가 누구인가.

정보로는 개방(丐幫)과 어깨를 나란히 한다는 하오문의 문주다. 선풍철검이라는 별호까지 붙은 청년을 못 알아볼 리 만무했다.

진백운은 고개를 끄덕이며 다시 한 번 윤자명을 바라봤다. 어느새 그는 사내들에게 자신의 정체를 밝히고 함께 어우러져 있었다.

윤자명이 사내들에게 웃으며 말했다.

“하하하. 저를 그렇게까지 높게 평가해 주시다니, 너무도 과분한 칭찬에 얼굴을 어디다 둬야 할지 모르겠습니다. 하하.”

“과분한 칭찬이라니요? 윤 소협께선 충분히 그런 말 들으실 자격이 있습니다. 안 그런가?”

“암요, 누가 뭐래도 소협께선 호북의 미래이지요. 하하하.”

어느새 윤자명을 향해 아부를 퍼붓는 사내들이었다. 그렇다고 사내들의 행동을 나쁘다고 욕할 수는 없었다. 누가 뭐래도 현 호북의 실세는 무당파를 제외한다면 철검문이었기 때문이다.

사내들의 아부에 기분이 한껏 좋아진 윤자명이 주루가 떠나갈 듯 소리쳤다.

“여봐라! 여기 이곳에서 가장 비싼 술과 함께 제일 자신 있는 비싼 안주를 내오너라.”

그 모습을 보면서 진백운은 속으로 생각했다.

‘허세가 하늘을 찌르는 놈이구나.’

그는 이내 윤자명에 대한 관심을 털어냈다. 그리고 맞은편에 앉아 있는 화영에게 그 관심을 집중시켰다.

진백운이 진지한 음성으로 물었다.

“자, 이제 얘기해 봐. 왜 왔어?”

그 물음에 그녀는 대답 대신 한 권의 서책을 꺼냈다.

"이게 뭐……."

대답은 하지 않고 생뚱맞게 서책을 꺼내드는 그녀의 행동을 지적하려던 진백운은 서책의 앞에 쓰여진 글자를 보고 하려던 말을 멈춰야만 했다.

"응? 뭐야, 그 반응은……. 혹시 이게 뭔지 아는 거야?"

오히려 화영이 그런 진백운의 반응에 놀랐다. 쉽게 설명하기 위해 가지고 온 책인데 반응으로 미뤄 보니 그는 이미 이 책이 무엇인지 알고 있는 듯했다.

진백운은 서책의 앞에 쓰여진 네 글자를 속으로 읽었다.

'잠원마공!'

놀랍게도 화영이 꺼내놓은 책은 백리휘명과 얘기를 나누었던 잠원마공이었다.

진백운을 향해 화영이 놀란 음성으로 말했다.

"뭐야, 네가 이걸 어떻게 알아?"

무림의 모든 정보를 꼭대기에서 내려다본다는 그녀조차도 최근에서야 입수한 무공이다. 또한, 그녀는 무공을 살펴봤지만 마공(魔功)이라 이름 붙은 거 이외에 별다른 특징은 발견하지 못했다.

사실 그녀가 오늘 진백운을 찾아온 이유도 이 마공에 대한 조사를 부탁하기 위함이었다. 천마성에 아무도 모르게 다녀

올 수 있는 실력자는 진백운밖에 없었기 때문이다.

"어디서 구했지?"

질문에 대답하지 않은 진백운은 오히려 그녀를 향해 되물었다.

이에 화영은 다시 전음으로 대답했다.

―얼마 전 형문파에서 천살행을 해달라는 의뢰가 들어왔어. 의뢰자는 형문파 제자인 장현(張賢), 청부 대상은 광마도, 유승. 이 마공은 광마도가 의뢰자에게 복수하라며 던져준 거고. 아, 참고로 형문파는 장현을 제외한 모두가 죽었어.

"흐음."

진백운이 자신의 턱을 매만졌다.

광마도(狂魔刀). 백리휘명의 원수이기도 한 그는 이리저리 마공을 뿌리고 다니는 모양이었다. 그러나 천살행을 행하기에는 무리가 있는 의뢰였다. 천살을 결코 사사로운 무림의 무력 다툼에는 개입하지 않는다는 원칙이 있었기 때문이다.

'억울한 자, 천살을 찾으라(被寃枉的人, 找天殺).'는 말이 있다. 그러나 이 말은 억울한 만큼 충분한 명분이 있어야 된다는 뜻이다. 칼날 위에 스스로 목숨을 맡긴 무림인은 이에 해당되지 않았다. 사사로운 복수밖에 안 됐던 까닭이다.

이번에는 진백운이 화영을 향해 전음을 날렸다.

―천살행은 불가(不可), 천살이 움직이기엔 명분이 부족해.

그의 전음에 화영은 고개를 끄덕였다. 이미 여기로 오기 전부터 그녀가 예상했던 결과였기 때문이다.

화영은 대신 진백운에게 다른 부탁을 했다.

"그럼 부탁 하나만 들어줘."

"응?"

평소 부탁이란 걸 모르던 그녀였기에 진백운이 살짝 놀랐다.

화영이 계속해서 말했다.

"이 무공에 대해서 조사 좀 해줘."

다른 사람도 아닌 천마의 오른팔이자 절대십마의 수장 격인 광마도가 뿌리고 다니는 무공이다. 위험(危險)의 냄새가 솔솔 풍겼다. 앞으로 이 무공으로 인해 무림에 어떤 일이 벌어질지 모르는 것이었다.

그러나 사실 그녀는 무림의 위기보다는 마공 자체에 더 관심이 있었다. 그 이유는 그녀가 하오문주이기 때문이다.

도비(盜匪 : 도둑), 창기(娼妓 : 창녀), 배수(排手 : 소매치기) 등 강호에서 천대받는 직종의 사람들이 모여서 만든 조직이 바로 하오문이다.

그렇기 때문에 하오문은 언제나 무공에 갈증을 느끼고 있었다. 음지에서 양지로 나가기 위해서는 강력한 무공은 필수였던 까닭이다.

“흐음.”

진백운이 다시 한 번 턱을 매만졌다.

결국 화영은 애교를 부릴 수밖에 없었다.

“으응? 좀 해주면 안 돼애?”

순간, 주루 안의 모든 남정네들의 시선이 그녀에게 모였다. 그냥 가만히 있어도 월궁의 항아를 연상케 하는 화영의 얼굴인데 그런 얼굴이 진백운을 향해 눈웃음을 치며 혀 짧은 소리를 내니 항아의 뺨을 때릴 지경이었던 것이다.

“큼큼.”

진백운은 헛기침을 내뱉었다. 자신을 향해 쏟아지는 질투 섞인 시선들이 느껴졌다. 앞을 바라보니 화영은 이제 울먹거리는 표정을 짓고 있었다.

여자의 눈물에 약한 게 남자라 했던가. 어렸을 때부터 저 수법에 넘어간 게 한두 번이 아니었다.

그리고 지금은 장소 또한 좋지 않았다. 진백운은 방을 잡지 않고 탁자에 앉은 자신의 성급한 판단을 후회했다. 주위를 둘러보니 모든 남자들은 이미 화영의 포로가 되어 있었다.

진백운은 그녀의 부탁을 들어주기로 했다. 비단 다른 남자들 때문은 아니었다. 그녀를 도와주려는 가장 큰 이유는 따로 있었다.

화영은 그의 첫사랑. 평생을 가슴 속에 묻어놓고 조금씩 꺼내본다는 그런 사람이었던 까닭이다.

결국 진백운은 못 이기는 척 그녀의 부탁을 받아들였다.

"알겠어, 도와줄게."

"진짜?"

그의 수락에 화영이 활짝 미소를 보였다. 그와 동시에 주루의 모든 사내들도 그녀를 따라 헤벌쭉 미소를 짓기 시작했다.

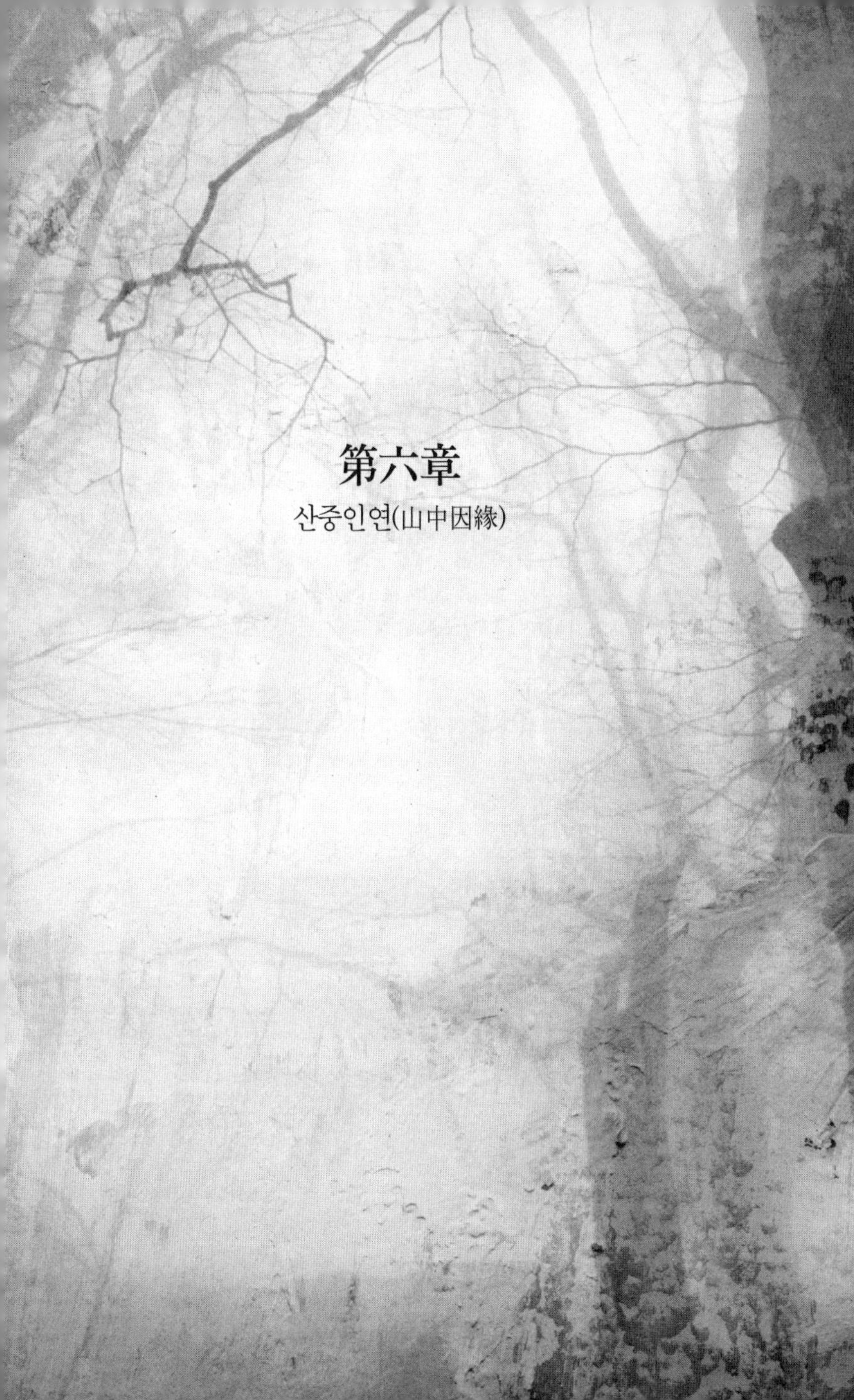

第六章
산중인연(山中因緣)

　백리세가 후원에 위치한 유운전(流雲殿)은 엄연히 귀빈(貴賓)을 모시기 위해 만들어진 곳이었다.

　그러나 요즘은 애초에 만들어질 때와는 다른 의도로 변질되고 있었다. 낮에는 전시관(展示館)의 역할을 하고 밤에는 연구실(硏究室)의 역할을 수행했던 것이다.

　그 이유는 얼마 전 진백운이 데려온 화영이라는 여인 때문이었다.

　전설의 항아(姮娥)와도 비견될 정도로 아름다운 외모는 백리세가 무사들의 인기를 끌었고, 그 덕분에 낮에는 화영의 미모를 멀리서나마 보고자 하는 무사들의 발길이 끊이지 않았다.

진백운은 백리휘명에게도 화영을 소개시켜 주었다.

그러나 가족에게도 잠원마공을 익힌 사실을 숨기고 있는 백리휘명이다 보니 화영의 목적이 마공의 연구에 있다는 사실을 말하기가 매우 조심스러웠다.

그러나 화영은 과연 하오문주다운 수완을 보여주었다.

백리휘명을 만난 화영은 그 자리에서 바로 자신이 입수한 잠원마공서를 보여준 것이다.

그러면서 그녀는 자신이 하오문주라는 사실도 함께 밝혔다.

무림의 가장 꼭대기에서 모든 정보를 관리한다는 하오문주다. 그런 그녀가 잠원마공을 화두로 꺼내며 마공의 비밀을 밝혀내지 않으면 강호 전체가 위험하다는 사실을 이야기하자, 백리휘명은 조금씩 그녀에게 설득당하기 시작했다.

잠원마공으로 인해 검을 놓은 백리휘명이지만 의협심만큼은 아직까지도 그 빛을 발하고 있었다.

그런 그에게 강호의 위험은 쉽게 넘길 문제가 아니었다.

결국, 백리휘명은 화영과 함께 잠원마공을 연구하는 걸 허락했다.

연구에 들어가는 모든 비용을 처리하겠다는 화영의 설득

이 그의 고민에 종지부(終止符)를 찍었던 것이다.

또한, 백리휘명과 화영은 학구열이 넘치는 사람들이었다.

백리휘명이 정확한 실험을 바탕으로 하나의 진리를 찾아내는 연구를 한다면, 화영은 방대한 자료를 바탕으로 진리가 아닌 가설들을 제거하는 방법을 선호한다.

그렇기에 백리휘명과 화영은 서로가 서로를 보완하는 역할을 할 수 있었다.

이런 연구가 며칠 동안 밤마다 이어지다 보니, 이제는 허구한 날, 잠원마공에 대한 연구로 시간이 가는 줄도 모르고 토론을 벌이는 두 사람이었다.

그렇게 본래 유운전이 가지는 기능은 잠시 상실하고 있었지만 어찌 됐든 날이 갈수록 사람 냄새를 풍기는 전각이 되고 있었으니 나쁜 것만은 아니었다.

"네? 청운대회요?"

진백운이 살짝 놀란 표정을 지으며 말했다.

그 말에 백리휘명은 고개를 끄덕였다. 이에 대한 설명은 백리휘명의 옆에 있던 화영이 대신 해주었다.

"요즘 무림이 심상치 않잖아, 당연히 동행해 줘야지."

그녀는 당연한 사실을 얘기하듯 말했다.

백리휘명이 그녀의 말을 보충했다.

"내 한 번만 부탁함세. 이걸로 은혜 갚는 셈 치면 안 되겠나?"

“하지만……..”

확실하게 은혜를 갚고 싶었던 진백운에게 백리휘명의 부탁은 너무 사소하고 또 한편으로는 귀찮은 일이었다.

백리휘명이 계속해서 말을 이었다.

“딸 가진 부모 마음이라 생각해 주게. 이거야 원, 걱정이 돼서 잠을 이룰 수가 있어야지……..”

심지어 그는 불쌍한 표정까지 짓고 있었다. 아무래도 그동안 화영과 같이 놀더니 표정 연기를 배운 모양이다.

진백운은 난감함에 뒷머리를 긁적였다.

아무리 생각해도 시간 대비 효율성이 하나도 없는 부탁이었던 것이다.

백리휘명이 진백운에게 부탁한 건 다름이 아니었다. 그저 백리연과 함께 동행(同行)해 달라는 부탁이었다.

그러나 청운대회가 열리는 낙양(洛陽)까지 가서 대회가 끝날 때까지 기다렸다 오는 데는 적어도 두 달은 넘게 소요되었다.

무엇보다 그의 생각에는 아무 위험도 없을 것 같았다. 그럼 은혜를 날로 갚는 것도 모자라 시간까지 허비하는 일이 될 것이 뻔했다.

고민하는 진백운을 향해 화영이 말했다.

“말했잖아, 광마도가 형문파를 없애 버렸다고. 그 말은 천마성이 암중(暗中)에서 활보하고 있다는 뜻도 돼. 언제 어디서 무슨 일이 생길지 모르는 게 현 무림의 상황이라고."

한마디로 백리연도 위험할 수 있다는 것이다.

"음."

그 말에 진백운이 짧게 신음을 삼켰다. 충분히 일리가 있는 말이기 때문이다.

진백운이 화영의 말에 넘어오는 듯하자 백리휘명이 더 달콤한 어조로 그를 부추겼다.

"그리고 이번 청운대회 우승 상품이 뭔지 아는가? 흑호검이라네, 흑호검. 들어봤는가? 흑암칠병이라 불리는 희대의 명검이 나온 거라네."

그는 은근슬쩍 대회 참여까지 권유하고 있었다.

그러나 진백운은 청운대회에 대한 입장만큼은 단호하게 밝혔다.

"대회는 관심 없습니다. 그 흑호검인가 뭔가 하는 것도요. 제 검은 따로 있어서요."

그의 말과는 달리 진백운의 진짜 검, 천살검(天殺劍)은 현재 자신에게 없었다. 십 년 전, 아버지가 들고 나갔기 때문이다. 아마도 아버지의 마지막 청부 대상과 함께 있을 것으로 추정되었다.

백리연과 동행하는 것에 대해선 딱히 거절하지 않은 진백운의 대답에 백리휘명이 반색하며 물었다.

"그럼 연이와는?"

진백운이 고개를 끄덕였다. 이토록 원하는데 거부하는 건 예의가 아니었다. 거기다 진심으로 은혜를 갚은 셈 치라지 않는가. 사실 마음이 안 내켰을 뿐이지 거절할 명분도 없었다.

그의 승낙에 백리휘명은 미소를 지으며 그의 손을 잡았다.

"고맙네, 고마워."

"아, 아닙니다."

진백운이 당황하며 말했다. 마주잡은 손에서 자식에 대한 그의 사랑이 구구절절 느껴졌기 때문이다. 오히려 이런 부탁을 거절하려한 자신이 부끄러워지고 있었다.

그때, 화영의 놀리는 듯한 전음이 날아들었다.

—그러게, 진작 그냥 간다고 하지. 쪽팔리게.

—시끄러.

진백운은 똑같이 전음을 날리며 그녀에게 조용히 하라는 눈짓을 보냈다.

—어쨌든 잘 다녀와. 아, 올 때 기념품 사오는 거 잊지 말고.

—…….

끝까지 약을 올리는 괘씸한 첫사랑이다.

                    *   *   *

  그로부터 며칠 후, 청운대회가 열리는 낙양으로 떠나는 일
행은 진백운과 백리연 이외에도 두 명이 더 추가되었다.
  그 두 사람은 바로 조문과 심청이였다. 조문은 백리연의 호
위를 자청하며 따라붙은 것이고, 심청은 진백운이 간다는 소
식을 듣고 백리연에게 조르고 졸라서야 겨우 일행에 합류할
수 있었다.
  "청아, 아무래도 넌 그냥 남는 게 좋겠다."
  정문을 나선 지 채 얼마 지나지도 않았는데 진백운이 심청
을 향해 말했다.
  "왜요?"
  심청이 벌써부터 실망한 표정을 지으며 물었다.
  그 표정에 마음이 약해지려는 걸 애써 참으며 진백운은 솔
직한 자신의 심정을 애기했다.
  "낙양까지는 꽤 멀거든…. 솔직히 많이 힘들 거야."
  한마디로 무공을 익히지 못한 그녀는 방해밖에 안 된다는
소리였다.
  "괜찮아요, 저 이래 보여도 꽤 튼튼하거든요!"
  심청이 씩씩한 목소리로 말했다.
  이전에 백리연도 진백운과 똑같은 이유를 들어 반대했었

지만 심청의 고집에 두 손 두 발 다 들고 결국은 항복해 버렸다.

진백운은 계속 이런 이유 저런 이유를 갖다 붙이며 그녀를 설득했지만 다 부질없는 짓이었다. 심청 또한 갖가지 이유를 갖다 붙이며 그의 의견에 반박했던 까닭이다.

그렇게 옥신각신하던 두 사람을 보다 못한 백리연이 대화에 끼어들었다.

"진 공자, 어차피 저도 시중들 아이가 필요해요."

어차피 심청의 고집은 꺾을 수 없다는 사실을 일찍이 경험한 그녀가 심청의 편에 선 것이다.

괜히 설득하려 해봤자 정신만 사나워질 뿐이었다.

딱!

"아야!"

이에 진백운이 심청의 이마에 살짝 꿀밤을 매기며 말했다.

"대신 힘들다고 징징거리기 없기다?"

진백운의 허락에 심청은 아픈 이마를 문지르면서도 기쁜 표정을 지으며 대답했다.

"네!"

진백운은 그런 심청의 머리를 쓰다듬어 주었다.

"아니! 이게 누구야!"

그때 길을 걷던 일행들의 귀로 한 줄기 음성이 들려왔다.

일련의 무리에 앞장선 청년이 내뱉은 말이었다. 회색 무복을 단정하게 입은 청년의 등장에 백리연과 조문의 인상이 구겨졌다.

만약 진백운이 일전에 이 청년을 보지 못했다면 두 사람의 반응에 의문을 느꼈겠지만 지금은 대략 백리연과 조문이 왜 인상을 쓰는지 짐작할 수 있었다.

'주루에서 한껏 허세를 부리던 놈이로군.'

진백운이 다가오는 청년에게서 받았던 첫인상이다.

그렇다. 청년의 정체는 일전에 금화루에서 자화자찬(自畵自讚)을 늘어놓던 철검문의 둘째 공자, 바로 선풍철검 윤자명이었다.

어느새 일행의 곁으로 다가온 윤자명이 백리연을 향해 말했다.

"백리 소저, 빙면화(氷面花) 아니신가?"

윤자명의 목소리에는 다분히 조롱이 섞여 있었다.

그러나 백리연은 감정을 숨긴 채 태연하게 그의 말을 받았다. 양무철 사건으로 인해 상대의 격장지계(激奬之計)에 넘어가지 않는 게 얼마나 중요한지 알게 된 그녀였다.

"아…. 윤 소협이시군요."

그녀는 일부러 더 무미건조한 목소리를 냈다. 솔직히 상대하기도 귀찮았던 까닭이다. 그러나 이번만큼은 그녀의 판단이 현명한 듯 보였다.

윤자명처럼 허세가 남다른 인물이 가장 화나는 때가 바로 이런 경우였기 때문이다. 허세를 부려야 하는데 타인의 무관심을 느낀다면 더 이상 허세는 통하지 않게 된다. 그 뒤에 남는 건 오기일 뿐이었다.

'이익!'

역시나 윤자명의 약이 제대로 올랐다. 그러나 백리연의 말에 딱히 잘못된 점은 없었기에 딱히 화를 내기도 애매한 상황이었다.

그는 짐짓 태연한 척하며 백리연을 자극시키기 위해 애써 노력하는 모습을 보였다.

"하하. 어딜 그리 가시는가? 설마 백리(百里)가 천리(千里 : 400km)도 넘는 길을 헛걸음할 생각은 아닐 테고……."

그의 말인즉 너의 분수를 알라는 것이다. 이제는 그 위세가 꺾일 대로 꺾인 백리세가를 향한 조롱이자, 청운대회는 더 이상 백리세가가 낄 곳이 아니라는 뜻이었다.

확실히 자극적인 대사는 효과가 있었다. 윤자명의 조롱에 뒤에 있던 조문이 걸려들었다.

'감히!'

화가 간 조문이 검을 뽑으려 했지만, 어떻게 눈치챘는지 진백운의 전음이 빠르게 날아들었다.

─조 무사, 지금 검을 뽑으면 연 소저를 무시하는 것이오.

"……."

진백운의 전음을 들은 조문이 검에서 손을 뗐다. 그리고 그는 백리연을 바라봤다.

그녀는 여전히 아무런 표정 변화가 없었다. 하지만 주먹은 미세하게 떨리고 있었다. 꽉 쥔 주먹에서는 당장에라도 피가 흐를 것만 같았다.

그제야 조문은 진백운의 말을 이해할 수 있었다. 그리고 그것이 백리연의 생각인 듯싶었다.

결과는 보여주는 것.

청운대회에서 더 좋은 성적을 내는 사람이 곧 승자(勝者)인 셈이다. 굳이 지금 여기서 시시비비(是是非非)를 따질 필요는 없었다.

역시나 그녀는 아무렇지 않은 표정으로 윤자명의 조롱 섞인 말을 재치 있게 흘려보냈다.

"백리(百里)니까, 백리(百里 : 40km)라도 가보려고요."

우승은 못해도 본선에는 들겠다는 각오를 돌려서 말한 것이다.

그녀가 바로 이어서 말했다.

"그럼 갈 길이 먼 저희는 바빠서 이만."

백리연은 윤자명을 향해 작별을 고하고, 일행을 이끌고 앞으로 걸어 나갔다.

그 행동은 군더더기 하나 없이 너무도 깔끔하고 빠른 행동이었다. 그렇기에 윤자명이 어어 하는 사이에 이미 저 멀리 앞장서는 백리연 일행이었다.

이내 정신을 차린 윤자명이 멀어져 가는 백리연을 보며 웃었다.

"하하하."

'내가 이겼다!'

그는 계속해서 크게 웃으며 속으로 생각했다. 솔직히 조금 전까지만 해도 백리연의 말빨에 자신만 당한 줄 알았다. 그러나 결국에는 자신의 격장지계가 그녀에게 통했던 것이다.

윤자명은 백리연 일행이 걸어가는 방향을 바라봤다.

같은 길을 걷게 될까 봐 굳이 잘 닦여진 길을 놔두고 산 쪽으로 방향을 트는 백리연 일행이었다.

"하하하하."

피하는 쪽이 결국 패자다. 당당하지 못하니까.

자신이 좋은 쪽으로 생각해 버리는 것도 윤자명의 장기였다. 그는 한참 동안을 그렇게 길가에 선 채로 웃어댔다.

"하하하하하하하."

그리고 그런 둘째 도련님이 부끄러운 철검대(鐵劍隊)였다.

                    *   *   *

산이란 무서운 곳이다. 경외(敬畏)하는 마음이 없다면 인간
의 발자국을 허락하지 않는 곳이 바로 산인 것이다.

특히나, 한 치 앞도 잘 분간이 안 되는 밤에는 더욱 그렇다.
언제 어디서 실족사(失足死) 당할지 모르기 때문이다.

부지런히 걸었지만 결국 산을 넘지 못했다. 이미 주위는 어
둠으로 덮여 있었기에 백리연 일행은 노숙할 자리를 찾아야
만 했다.

밤은 쌀쌀한 편이었다. 특히 산중(山中)이라 더욱 바람이
차게 느껴졌다.

백리연 일행은 서둘러 노숙할 자리를 마련했다. 백리연과
심청은 일행이 누울 수 있도록 주위에 널브러진 돌을 치웠고,
진백운과 조문은 마른나무를 모아와서 불을 피웠다.

화르륵.

이내, 뜨거운 열기를 내뿜으며 모닥불이 피어올랐고, 일행
은 일단 그 주위로 모였다. 쌀쌀한 산바람에 내려가는 체온을
높이기 위해서였다.

"죄송해요. 제가 갑자기 방향을 틀어서……."

백리연이 자괴감 어린 목소리로 말했다.

진백운이 그런 그녀를 달랬다.

"우리 모두가 동의한 일이니, 괘념치 마시오."

조문과 심청도 그 의견에 고개를 끄덕였다.

"그래도 미안해요."

그러나 미안한 마음이 드는 건 어쩔 수 없었다. 어찌 됐든 결정은 자신이 했고, 결국 이런 상황을 초래했기 때문이다.

"자자, 자책은 그만하고 끼니나 때웁시다. 하루 종일 걷는다고 점심도 걸렀지 않소?"

분위기를 전환할 겸 진백운이 활기찬 목소리로 말했다.

그러나 심청이 침울한 어조로 그의 말을 받았다.

"공자님, 그런데 저희 뭐 먹죠?"

"응?"

생각해 보니 아무도 육포나 먹을거리를 준비하지 않았다. 다음 마을로 넘어가 객잔에서 식사를 할 예정이었기 때문이다.

꼬르륵.

누구의 뱃속에서 난 소릴까? 천둥이 치는 듯한 소리가 사방에 울려 퍼졌다.

"음."

진백운이 짧은 신음을 삼켰다. 배가 고프면 체온이 빨리 내려간다. 무공을 익힌 백리연과 조문은 하루 이틀 정도는 버틸지 모르지만 심청은 사정이 달랐다. 오늘밤이 지나면 심한 감기에 걸릴지도 모르는 일이었다.

"조 무사, 혹시 사냥할 줄 아시오?"

진백운은 한쪽에 앉아 있는 조문에게 말했다.

그러나 조문은 그 질문에 고개를 젓는 것으로 대답을 대신했다.

일행 모두는 난감함을 느꼈다. 아무리 강한 무공도 사냥과는 직접적인 관계가 없었기 때문이다.

사냥은 경험에서 나온다. 그렇기에 숙련된 사냥꾼이 높은 대접을 받는 것이다.

사냥은 산짐승이 움직이는 길목을 찾는 일부터 시작하여 동물을 유인하는 방법, 덫을 놓는 방법 등 다양한 기술을 알아야 하기 때문이다.

그러나 불행하게도 일행 중에는 이를 아는 사람이 아무도 없었다.

꼬르륵.

다시 한 번 누군가의 배에서부터 시작된 소리가 구슬프게 들렸다.

"조 무사, 일단 먹을 것을 구해봅시다."

"네."

진백운과 조문이 자리에서 일어났다. 어찌 됐든 먹을 것을 구해야 했다.

"갔다 오겠소."

"저도 같이 가요."

"그럼 청이는 어떻게 할 생각이오?"

"……."

이 모든 상황에 책임을 느끼던 백리연이 따라나서려 했지만 진백운의 말에 다시 자리에 앉아야만 했다.

심청은 무공일식도 모르는 여인이다. 혹시나 혼자 있다가 무슨 사단이 난다면 스스로 자신의 몸을 지킬 능력이 없다.

"그럼 다녀오세요."

결국 백리연은 심청과 함께 자리에 남기로 했다.

그가 이번에는 심청을 바라봤다.

심청은 출발할 때와는 달리 많이 위축된 모습이었다. 아무래도 일행에게 방해가 되고 있다고 스스로가 느끼는 듯 보였다.

진백운이 심청을 향해 말했다.

"청아, 너도 아가씨 잘 모셔라."

아무리 무공을 쓸 수 없다 하여도 함께 길을 떠났으니 심청 또한 엄연히 일행 중 한 명이었다.

그녀에게도 할 일이 필요했다. 그래야만 소외감을 느끼지 않기 때문이다.

"네, 공자님."

다행히 심청의 얼굴이 조금 밝아졌다. 일행에게 조금이라도 도움이 될 수 있다는 사실이 내심 기쁜 것 같았다.

"갑시다, 조 무사."

두 여인의 떨어지는 감정을 대충 수습한 진백운이 조문에게 말했다.

'휴우.'

조문과 함께 사냥을 나서며 진백운은 한숨을 쉬었다. 이제 겨우 첫날일 뿐인데도 불구하고 신경 쓸 일이 한두 가지가 아니었다.

그는 마음속으로 앞으로의 여정이 결코 쉽지만은 않을 것 같다고 조심스럽게 생각해 보았다.

*   *   *

역시나 사냥은 만만히 볼 만한 게 아니었다. 진백운은 한 식경(30분)이 넘도록 허탕을 치고만 있었다.

경공(輕功)을 펼치며 산 속을 이 잡듯이 뒤져 봤지만 아무 소용없었다.

"이거야 원, 뭐가 보여야 잡든지 말든지 할 거 아냐."

제자리에 멈춘 진백운이 혼자 투덜거렸다.

역시 이 세상에 만만한 일은 없었다. 무슨 일이든지 기본이란 게 존재했다. 무공을 익힐 때 마보(馬步) 자세부터 시작하듯이 말이다.

그가 생각하기에 사냥의 기본은 산짐승의 서식지를 찾는 것이었다. 당연히 그 방법을 모르니 허탕을 칠 수밖에.

"휴우."

결국 그는 한숨을 내쉬었다.

거듭된 실패로 사냥을 하고 싶은 마음이 싹 사라져 버렸다.

"조 무사는 어떻게 됐을까?"

이제 일행에게 남은 희망은 조문밖에 없었다. 그러나 솔직히 가능성은 희박했다. 직접 해보니 사냥은 장난이 아니었던 까닭이다.

"식용 풀 같은 거라도 구해야 하나?"

그러나 주위를 한차례 둘러본 진백운은 이내 고개를 가로저었다.

녹색으로 빛나는 모든 풀들이 다 똑같아 보였다. 어떤 풀이 식용(食用)인지 도무지 알 수 없었다.

"응"

낙담하던 진백운이 갑자기 주위를 훑었다.

이내 그는 킁킁거리며 냄새를 맡기 시작했다. 바람을 타고 날아온 고소한 냄새가 그의 후각(嗅覺)을 자극했다.

"조 무사가 성공한 건가?"

그러나 다시 생각해 보니 그런 것 같지는 않았다. 만약 조문이 사냥에 성공을 했다면 이곳에 냄새가 미칠 리 없었다. 백리연과 심청이 자리한 곳은 이곳에서 꽤나 거리가 떨어진 곳이기 때문이다.

물론 조문이 일행들 몰래 혼자 먹을 수도 있지만 그동안 백리연을 공주처럼 받들었던 조문이다. 절대 그녀를 두고 혼자 먹을 위인은 아니었다.

"뭐, 가보면 알겠지."

진백운은 모든 감각을 후각에 집중했다. 그리고 풍겨오는 냄새를 따라 천천히 발걸음을 옮겼다.

*　　*　　*

화르륵.

불 위에서는 커다란 멧돼지가 빙글빙글 돌아가고 있었다.

"으흥, 으흐흥~"

그리고 그 옆에는 멧돼지를 돌리며 콧노래를 흥얼거리는 한 사내가 있다. 남청색의 도복(道服)을 입은 사내는 머리에 남화건(南華巾)을 쓰고 있었다.

"고기를 굽는 도사라……."

사내의 복장을 확인한 진백운이 중얼거렸다.

참으로 신선한 광경이다. 특히, 도사의 표정이 인상적이다. 살생(殺生)을 행한 도사 주제에 저리도 해맑은 표정이라니. 아무리 봐도 도사로서는 자격 미달이었다.

"혼자 먹기엔 양이 참 많습니다. 나오시지요."

한창 고기를 굽던 도사가 진백운이 있는 쪽을 쳐다보며 말했다.

'기척을 읽었다?'

이에 진백운이 살짝 놀란 표정을 지어 보였다.

물론 자신이 의도적으로 천살귀영신법(天殺鬼影身法)으로 기(氣)를 숨기지 않았다지만, 수풀 사이에 있는 자신의 기척을 읽는다는 건 저 도사의 무위가 상당한 수준에 이르렀다는 사실을 반증한다.

"먹기 싫으면 그만 가던 길 가시지요."

진백운이 모습을 드러내지 않자 도사는 다시 말했다. 같이 먹지 않을 거면 먹는 데 방해하지 말고 가던 길이나 가라는 뜻이었다.

그리고는 이내 관심을 끊었는지 다시 콧노래를 부르며 고기 굽는 데 열중하는 도사의 모습이었다.

"훗."

진백운은 피식 웃으며 도사에게로 다가갔다.

"도사가 이런 거 먹어도 되는 거요?"

그는 앞으로 나가며 도사에게 말을 걸었다.

이에 도사가 말했다.

"무릇 도(道)란 무위자연(無爲自然)이라 하지요. 육식을 금(禁)하는 것은 인위(人爲)적인 것이니 도라 말할 수 없지 않습니까? 그러니 빈도는 지금 무위자연의 도를 실천하고 있는 것이지요."

진백운의 물음에 도사가 근엄한 표정을 지으며 말했다. 궤변을 늘어놓는 주제에 세상의 모든 도(道)를 통달한 듯한 그의 말투에 진백운이 피식 웃으며 말했다.

"훗, 궤변이로군."

"뭐, 생각하기 나름이지요, 세상이란 게 그런 거 아니겠습니까? 하하."

도사는 마주 웃으며 진백운이 앉을 수 있도록 옆에다 자리를 마련해 주었다.

그러나 진백운이 자리에 앉지 않자 도사가 물었다.

"안 먹을 겁니까?"

"일행이 더 있소."

진백운이 계면쩍은 표정으로 대답했다. 약간 염치가 없다는 생각이 들었던 까닭이다. 그러나 불 위에서 돌아가고 있는 멧돼지의 크기로 봐서는 일행이 다 붙는다 할지라도 남을 듯싶었다.

"그러면 데리고 오면 되지 않습니까?"

도사가 흔쾌히 말했다.

"그래도 되오?"

"물론이지요. 보시다시피 이놈이 꽤 몸집이 큽니다. 뭐, 물론 혼자서도 다 먹을 수 있지만, 도가(道家)에 속한 사람으로서 굶주린 이들을 모른 척할 수는 없지요."

'도가의 사람은 육식은 안 한다고.'

진백운은 속으로 그 말을 하고 싶었지만 내뱉지 않았다. 어쨌든 도움을 받는 입장이기 때문이다.

그때, 도사가 눈빛을 빛내며 말을 했다.

"그런데 혹시 가진 술이 있습니까?"

"이젠 술도 밝히시오?"

"하하하. 도를 닦는 이유가 무엇이겠습니까. 신선(神仙)이 되고자 하는 짓인데 당연히 술도 먹어줘야지요. 빈도는 취선(醉仙)이 되려 합니다. 하하."

"그것도 궤변인 거 아시오?"

"뭐, 생각하기 나름이지요. 하하하."

그 말에 진백운은 다시 한 번 웃음을 지었다. 괴짜도 이런 괴짜가 없었다. 그러나 불행하게도 일행 중에는 술을 가진 이가 없었다. 항상 술을 들고 다닐 만큼 술을 좋아하는 사람이 없었기 때문이다.

"미안하지만 미처 술을 준비하지 못했소."

그 말에 도사는 매우 아쉬운 표정을 지어 보였다.

도사가 말했다.

"뭐, 어쩔 수 없지요. 결국… 이 맛있는 놈을 술 한 잔 없이 입안으로 넣어야 하다니……."

도사의 음성에는 진한 아쉬움이 묻어 있었다.

"그럼, 일행을 데리고 오겠소."

왠지 빨리 데려오지 않으면 무를 것 같았기에 진백운은 서둘러 말하고 등을 돌렸다.

이때 또 도사가 그를 잡으며 물었다.

"그런데 말입니다. 소협."

"왜 그러시오?"

진백운은 다시 고개를 돌려 도사를 쳐다보며 물었다.

이유는 모르겠지만 도사의 눈빛은 다시 생기(生氣)를 찾고 있었다.

도사가 진백운을 향해 말했다.

"혹시 일행 중에 여자는 있습니까?"

"……."

순간, 진백운은 멍한 표정이 되었다.

어떻게 남화건(南華巾)을 쓴 것일까. 이렇게 술 좋아하고 육식 좋아하고 그것도 모자라 여자까지 좋아하는 건장한 청년이 말이다. 정말 세상엔 별의별 사람들이 존재하고 있었다.

그가 말했다.

"도사가 여자까지 밝히는 건 너무하지 않소?"

이 질문에 도사는 한 치의 양심도 찔리지 않는다는 듯 아주 태연하게 답했다.

"무릇 도라 함은, 음양(陰陽)이 조화로워야……."

진백운은 다시 시작된 도사의 궤변에 고개를 절레절레 저으며 이내 일행들이 있는 쪽으로 발걸음을 옮겼다.

그러면서 혼자 속으로 생각했다.

'역시 불교(佛敎)가 갑이야.'

만약 나이가 들어서 종교(宗敎)를 가지게 된다면 절대 도교(道敎)는 믿지 않을 거라고 속으로 다짐하는 진백운이었다.

*　　　*　　　*

노릇노릇하게 구워진 멧돼지는 충분히 제 몫을 해냈다. 어느새 앙상한 뼈만 남긴 채 그 운명을 마감했던 것이다. 덕분에 백리연 일행은 산속에서 별미(別味)를 맛볼 수 있었다.

"으아, 정말 맛있어요."

심청이 만족한 듯 자신을 배를 어루만지며 말했다.

이에 도사가 과장된 말투로 그 말을 받았다.

"아름다운 소저께서 맛있다고 해주시니 제가 다 영광입니다. 하하하."

도사의 아름답다는 소리에 심청이 부끄러운 듯 볼을 붉혔다. 이렇게 직접적으로 칭찬을 들어본 경험은 처음이었기 때문이다.

'선수야, 선수.'

그 모습을 보면서 진백운은 고개를 절레절레 저었다.

저렇게 느끼한 대사를 아무렇지 않은 표정으로 내뱉을 정도면 연애 쪽으로는 충분히 고수인 것 같았다. 문제는 그 신분이 도사라는 점이었다.

"정말 감사합니다."

백리연도 도사에게 고마움을 나타냈다.

"하하, 뭘요. 맛있게 먹어주셨으니 제가 더 감사하지요."

그 말에 백리연도 빙긋이 미소를 지었다.

"덕분에 잘 먹었소."

이번에는 조문이 도사에게 말했다. 그러나 돌아오는 대답은 이전과는 달리 그리 길지 않았다.

"아, 네……."

도사는 남녀 구별이 확실했다.

"그런데 도사님께서는 어디로 가는 길이세요?"

심청이 도사를 향해 물었다.

"아, 저는 낙양으로 갑니다."

도사의 대답에 백리연 일행은 모두 눈을 빛냈다. 지금 낙양으로 향한다는 건 청운대회로 향한다는 의미였던 까닭이다. 물론 그 목적이 참여일 수도 있고 구경일 수도 있지만, 어쨌든 자신들과 같은 방향이었다.

"같은 방향이네요."

백리연이 도사에게 말했다.

"아, 그럼?"

"네, 저희도 낙양으로 가는 길이에요."

그 말에 도사가 기쁜 표정을 지으며 물었다.

"아, 그럼 동행(同行)하는 게 어떠십니까?"

백리연이 일행들을 쳐다보며 말했다.

"어때요?"

물론 일행의 책임자는 자신이었지만, 모두의 의사를 물어 볼 필요가 있었다. 특히, 이런 산중(山中)에서 만난 사람과 남은 길을 함께 간다는 건 신중히 결정해 볼 문제였다. 혹여 나쁜 목적을 가지고 의도적으로 접근했을 수도 있기 때문이다.

백리연의 질문에 조문이 먼저 답했다.

"남은 길이 많이 남았습니다, 아가씨. 동행한다는 건 무리가……."

그때, 도사의 목소리가 들렸다.

그는 앙상한 뼈만 남긴 멧돼지를 향해 두 손을 모으며 말했다.

"무량수불, 부디 좋은 곳으로 가거라. 너로 인해 모두가 굶지 않아도 되었으니 너야말로 도(道)를 행했구나."

그 말에 조문은 하려던 말을 끝까지 할 수 없었다. 도사에게 얻어먹은 게 있었던 까닭이다. 멧돼지의 뼈가 그 증거였다.

"큼큼. 뭐, 저는 아가씨 뜻에 따를 뿐이지요."

결국 그는 결정권을 백리연에게 넘기며 뒤로 물러났다.

백리연이 이번에는 진백운을 쳐다봤다.

"뭐, 얻어먹은 것도 있으니까."

진백운도 찬성의 뜻을 내비쳤다.

"저도 좋아요."

이에 심청도 찬성 쪽에 한 표를 던졌다.

그렇게 일행의 의견을 모두 들은 백리연이 도사를 쳐다보며 물었다.

"저희는 좀 서둘러 움직일 생각이에요. 그래도 괜찮으세요?"

"아, 그럼 더 좋죠, 빨리 도착하면 낙양 구경도 할 수 있으니 뭐가 문제겠습니까, 하하하."

도사의 넉살에 백리연이 웃으며 말했다.

"네, 알겠어요. 그럼 동행하도록 하죠."

결국 도사도 함께 낙양으로 가는 것으로 결정이 났다. 도사가 일행들을 향해 고마움을 표시했다.

"하하, 감사합니다. 안 그래도 가는 길이 멀고 외로웠었는데, 하하하."

'퍽이나 그랬겠소.'

진백운은 속으로 생각했다. 멧돼지를 구우며 즐겁게 휘파람을 불던 도사의 모습이 떠올랐기 때문이다.

"그런데 낙양에는 무슨 일로 가시오?"

조문이 도사에게 물었다. 어찌 됐든 일행이 되었으니 목적은 분명히 알아두는 게 좋을 듯싶었다.

"그곳에서 청운대회가 열리지 않습니까? 당연히 대회에 참가하기 위해 가는 것이지요."

역시나 예상했던 대답이 나왔다.

"도사님이 대회에요?"

심청이 고개를 갸우뚱거리며 물었다. 그녀가 보기에 도사는 그리 힘이 세보이지 않았던 것이다. 또한 약간은 유약한 듯 보이는 도사의 외모도 그녀가 그런 생각을 하게 만드는 데 한몫하고 있었다.

도사는 미소를 지으며 말했다.

“그럼요, 저 또한 청운(靑雲)의 꿈은 있으니까요.”

그 말에 그녀는 고개를 끄덕였다. 강하든 약하든 대회라는 것은 누구에게나 그 문이 열려 있기 때문이다. 그리고 청운대회는 청운의 꿈을 안은 모든 이의 축제였다. 도사라고 대회에 나가지 말란 법은 없었다.

도사가 말을 이었다.

“하하하. 그리고 혹시 압니까? 운이 좋아 우승을 하게 될지요?”

그 말에 일행들은 피식 웃었다. 아무리 청운대회가 꿈만 있으면 참가할 수 있는 대회라지만 운만 가지고는 한계가 있는 것도 사실이었기 때문이다.

심청이 농담을 섞어 말했다.

“도사님께서는 불경(不敬)을 저질렀으니 아마 운이 없으실 거예요.”

육식을 행한 도사를 놀리는 말이었다.

“굳이 운 따위는 필요 없을 거야.”

그때, 진백운이 대화에 끼어들며 말했다.

“네?”

심청은 무슨 말이냐는 듯 되물었다. 그녀뿐만 아니라 백리연과 조문도 어리둥절한 표정으로 진백운을 바라봤다. 그의 말이 조금 뜬금없었기 때문이다.

"강하다고, 이 도사."

진백운은 그가 느낀 바를 말했다. 자신의 기척을 읽었던 도사이다. 뿐만 아니라 정갈한 움직임이 습관으로 자리 잡고 있다. 무엇보다 기세, 잠원마공을 익힌 백리휘명이 광폭한 기세를 단전에 숨기고 있었다면 도사는 부드러우면서도 무거운 기세를 단전에 숨기고 있었다.

진백운의 말에 백리연과 조문은 다시 도사를 쳐다봤다. 하지만 그들의 눈에는 여전히 유약해 보이는 도사일 뿐이었다. 그렇다고 진백운이 틀렸다고 하기에는 그가 백리세가에서 보여준 엄청난 무위가 걸렸다.

'설마…….'

순간, 백리연의 머릿속에 한 명의 인물이 스쳐 지나갔다. 그녀는 확인을 할 필요를 느꼈다.

백리연이 도사를 향해 물었다.

"도사님, 혹시 도호(道號)가…?"

그 질문에 도사가 말하기 민망한지 뒷머리를 긁적거렸다. 하지만 질문이 들어온 이상 대답을 해줘야만 했다.

도사가 백리연의 질문에 대답했다.

"하하, 이거 참…. 음, 제 도호는……."

잠시 말을 끊은 도사는 결국 자신의 도호를 밝혔다.

"무진이라고 합니다."

“!!”

그 이름도 찬란한 승천칠성(昇天七星)의 일인. 천하제일 검파 무당파(武當派)의 제자. 운중복검(雲中伏劍) 무진(武振)의 등장이었다.

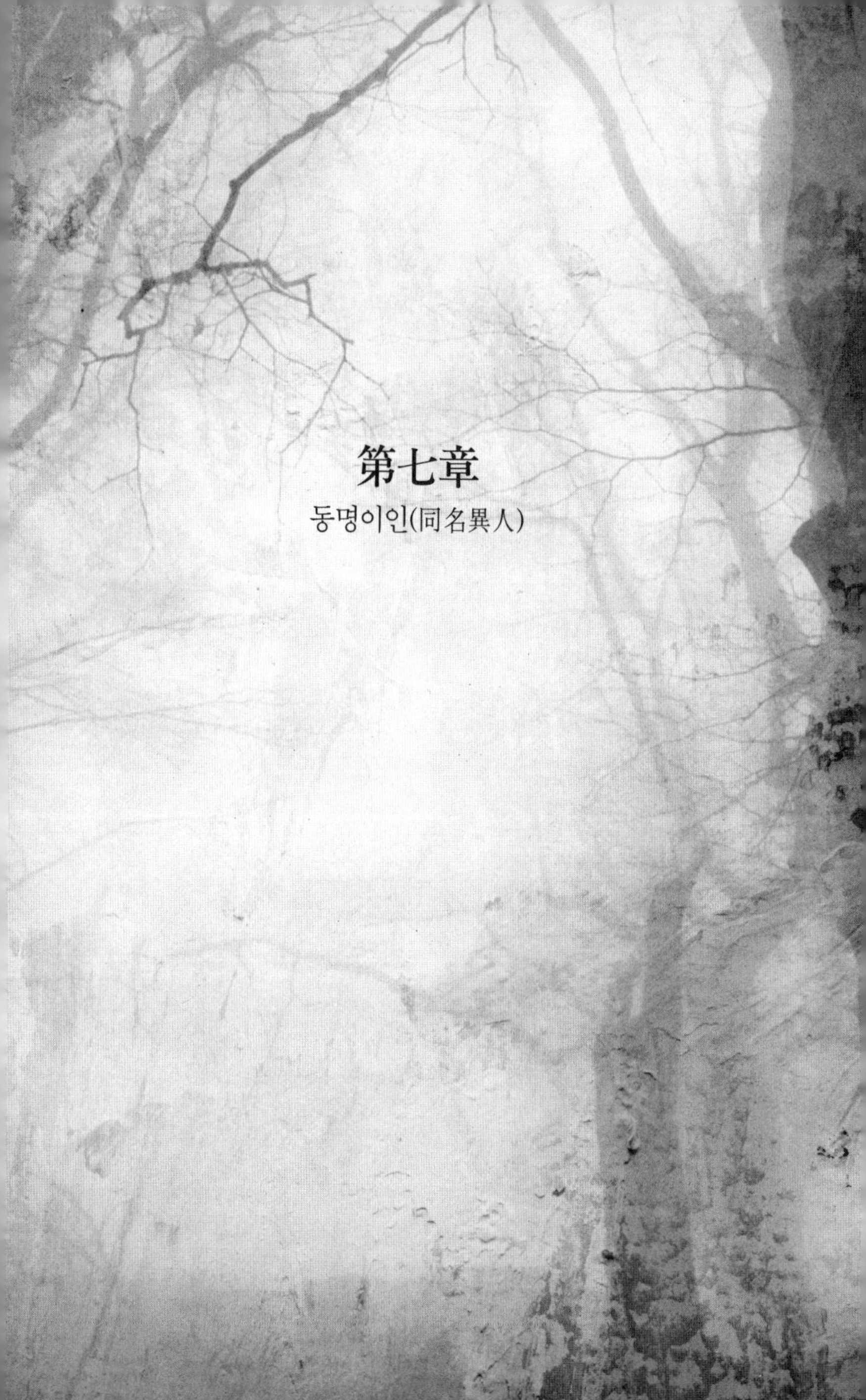

第七章

동명이인(同名異人)

산속에서 무진을 만난 건 백리연 일행에게 어쩌면 행운과
도 같은 일이었다.

무진은 지리에 능숙한 도사였던 것이다. 덕분에 백리연 일
행은 산길을 타면서도 시간을 많이 단축할 수 있었다. 무진이
지름길로만 일행을 이끌었던 까닭이다.

또한, 며칠째 산속에서 노숙을 했지만 전혀 거리낄 게 없었
다. 무진은 사냥의 도사이기도 했기 때문이다. 멧돼지를 잡은
건 운이 아니라는 사실을 몸소 보여주는 그였다. 다만 며칠째
계속되는 노숙으로 인해 씻지 못한다는 것만이 유일한 단점

이었다.

그러나 덕분에 벌써 호북(湖北)을 넘어 하남(河南)으로 들어온 백리연 일행이었다.

무엇보다 무진을 만난 건 백리연과 조문에게 있어서는 일생일대의 기연(奇緣)이라고 볼 수 있었다.

승천칠성의 일인이자 무당의 제자인 무진은 무공에 해박한 지식을 가지고 있었다. 그뿐인가, 그는 누군가를 가르치는 재능이 굉장히 뛰어났다.

물론 진백운도 엄청난 무공을 지닌 인물이지만, 그의 무공 특성상 누군가를 가르치기엔 조금 모자란 감이 있었다. 또한 그는 그다지 그쪽으로 재능도 없었다. 백리세가에서 백리연에게 잘못된 점을 짚어줬던 것은 워낙 그녀의 검에서 문제가 많이 노출된 까닭이지, 특별히 가르치려던 목적이 아니었던 것이다.

그러나 무진은 진백운과 달랐다. 우선 그의 무공은 정파(正派)의 양대 산맥인 무당에서 나왔다. 소림과 그 어깨를 나란히 한다는 무당이다. 당연히 정심한 그의 무공은 백리의 무공과 같은 계류에 속했다.

태반의 정파무공이 소림과 무당에서 나왔다는 말에 비추어보면 그의 무공은 백리세가의 원조 격도 되기 때문이다.

어쨌든 이러한 이유로 백리연과 조문은 매일매일 무진을

통해 무공을 진보시킬 수 있었다.

"아무래도 추성검법과 비룡검법은 원래 한 몸인 것 같습니다."

무진은 백리연과 조문의 검법에 대해 며칠간 느꼈던 소감을 말했다.

그가 계속 말을 이었다.

"추성은 빠름과 연환으로 공격에 치중해 있습니다. 그리고 비룡은 수비에만 치중해 있지요. 제가 볼 때는 원래는 한 몸이었던 이 두 검법이 내공(內攻)의 문제로 인해 부득이하게 찢어진 것 같습니다."

"내공의 문제요?"

백리연이 고개를 갸우뚱거리며 물었다.

"네, 그렇죠. 추성검법만 해도 후초식은 막대한 무공이 소모되지 않습니까? 그렇다 보니 한번 펼치게 되면 비룡검법을 펼칠 만한 내공이 남지 않게 되는 거죠. 뭐, 공격만으로 상대를 제압할 수 있다는 판단에 전대 가주들께서 추성검법의 개발에만 신경을 쓴 것 같습니다만……."

무진은 말을 하다 잠시 쉬었다. 그리고 이내 다시 말을 이어나갔다.

"팔방미인이었던 검법의 매력이 사라진 것이지요."

무진은 백리세가의 두 검법에 대한 자신의 견해를 이렇게 단정 지었다.

그 말에 듣고 있던 진백운도 가만히 고개를 끄덕였다. 깊이 생각해 보진 않았지만 듣고 보니 맞는 말이었던 까닭이다.

세상에는 하나의 특성에만 집중한 극(極)의 무공이 있고, 다방면의 장점을 취합한 팔방미인(八方美人)의 무공이 있다.

백리세가의 추성검법과 비룡검법은 엄밀히 말하면 후자에 속했다. 쾌(快)를 바탕으로 연환(連環)에 중점을 둔 추성검법도 극쾌(極快)는 아니었고, 수비에 치중한 비룡검법도 모든 공격을 막기엔 부족했다.

결국 공격과 수비가 조화를 이루어야 상승의 공부가 가능한 검법들이었던 것이다.

"그럼 방법은?"

백리연이 무진을 향해 물었다.

무진이 그에 대한 답은 간단하게 말했다.

"다시 둘을 합쳐야죠, 뭐. 별수 있나요?"

"……."

백리연이 그 말에 침묵을 지켰다.

찢어진 무공을 다시 합치는 일이다. 결코 쉬운 일이 아니었다. 그런데 무진은 아무렇지 않은 표정으로 이야기하는 것이다.

무진이 계속해서 말을 이었다.

"방법은 간단합니다. 조 무사와 연 소저께서 계속 대련(對
鍊)을 통해 연결고리를 찾으면 되는 거지요."

"그렇게 되면……."

그의 말에 백리연이 뒷말을 흐렸다.

백리세가는 추성검법과 비룡검법으로 백리의 이름을 명확
하게 경계 지은 상태이다. 무진의 말대로 하게 되면 조문 역
시 백리세가의 무학(武學)을 잇게 되어버리는 탓이다.

무진이 싱긋 웃으며 말했다.

"아껴서 놓치는 것보단 베풀어 얻는 게 좋지요."

"……."

자신의 임의대로 쉽게 결정할 일은 아니었기에 백리연은
침묵을 지켰다. 이에 대한 결정은 심사숙고(深思熟考)할 필요
가 있었던 것이다.

"그런데 마을은 언제 나와요?"

심청이 약간 힘든 기색을 띠며 말했다. 그도 그럴 것이 며
칠째 이어진 노숙은 무공일식도 모르는 그녀에게는 조금 힘
들었던 것이다.

이에 무진이 미소를 지으며 말했다.

"이제 저 언덕만 넘으면 남양(南陽)입니다. 힘내십시오."

그러면서 그는 앞쪽에 보이는 구릉을 가리켰다.

"정말요?"

심청이 기쁜 표정을 지으며 물었다.

"그럼요."

무진이 고개를 끄덕였다.

그의 확신에 다른 일행도 내심 기쁜 감정을 숨기지 못했다. 무엇보다 우선은 따뜻한 물에 씻고 싶은 마음이 컸던 것이다.

목욕, 그리고 음식과 술을 생각하며 일행들의 발걸음이 빨라지기 시작했다.

'흐음.'

그리고 언덕을 보면서 무언가를 생각하던 진백운이 심청의 곁으로 바짝 붙었다.

*   *   *

멀리서 걸어오는 먹잇감을 지켜보며 홍구(洪究)는 누런 이를 드러냈다.

"크흐흐. 애들아, 준비됐나?"

그는 뒤에 있는 자신의 부하들을 향해 웃으며 말했다.

"옙!"

누가 그의 부하 아니랄까 봐 홍구의 부하들은 자신의 두목과 마찬가지로 누런 이를 드러내며 미소를 지었다.

"그런데 놈들도 무기를 들고 있는데 괜찮을까요?"

홍구의 오른팔인 송삼표(宋森豹)가 홍구를 향해 물었다.

딱!

"아야야."

홍구가 그런 송삼표의 이마에 딱밤을 먹이며 말했다.

"구더기 무서워 장 못 담그면 뭐 먹고 살래? 개나 소나 칼 들고 다니는 게 이놈의 무림이라고. 쪼는 순간 굶기 시작하는 거야, 임마."

그래도 불안한지 딱밤을 맞은 그는 다시 한 번 홍구에게 주의를 주었다. 평소 자신의 감(感)은 틀린 적이 없었기 때문이다.

"혹시 고수일지도 모르지 않습니까?"

딱!

그러나 되돌아오는 건 역시나 딱밤이었다.

홍구가 말했다.

"그러니까 저놈들이 고수인지 아닌지 어떻게 아냐고. 칼만 들고 다니면 고수냐? 아니잖아. 붙어봐야 아는 거지. 그리고 너 이 두목 못 믿냐? 나 홍구야, 홍구. 광마대부(狂魔大斧), 홍구라고."

'광마(狂魔)가 아니라 광마(光馬)겠지…….'

빛나는 말. 머리가 심하게 벗겨지고 말처럼 생겼다 해서 사람들이 홍구에게 붙인 별호였다.

그는 자신의 외모를 조롱하는 이 별호를 싫어했다. 그는 외모보다는 실력으로 인정받는 사회를 희망했지만 사람들은 여전히 외모로만 그를 판단하려 들었다.

그는 자신이 산적이 된 이유도 다 이 빌어먹을 놈의 세상 때문이라고 생각했다. 그때부터 그는 자신의 외모를 조롱하는 이들을 죽이고 재산을 빼앗기 시작했던 것이다.

약육강식(弱肉强食). 자고로 힘에 약한 게 인간이다.

그가 사람을 죽이면 죽일수록 역설적이게도 그를 따르는 사람들이 생겨났다. 한 명씩 한 명씩 모이다 보니 어느새 이만큼의 부하가 자신을 따르고 있었다.

그리고 부하가 생기면 생길수록 홍구는 체면의 중요성을 깨닫게 되었다. 이른바 지도자의 멋이란 게 필요해진 것이다.

그래서 그는 스스로의 별호를 광마대부(狂魔大斧)라고 붙였다.

천마성의 전설이라 불리는 광마도(狂魔刀)를 본떠 만든 별호였다.

그러나 호박에 줄 긋는다고 수박이 되는 게 아니듯 홍구가 스스로를 그렇게 부르든 말든 여전히 무림인들은 그를 광마대부(光馬大斧)라고 불렀다.

별호라는 것은 스스로가 만들 수 없었던 까닭이다. 세인(世

人)들이 인정하고 그 사람에게 붙여주는 것이 바로 별호(別
號)인 것이다.

"휴우……."

속에 있는 말을 차마 내뱉지 못한 송삼표는 긴 한숨으로 마
음속의 답답함을 풀어냈다.

딱!

"아얏!"

"재수 없게 한숨은."

그러나 결국은 딱밤이었다.

"온다, 가자! 애들아!"

홍구의 외침에 부하들이 일제히 큰 소리로 대답했다.

"옙, 두목!"

"돌격, 앞으로!"

"돌격, 앞으로!"

선창(先唱)하는 두목을 따라 부하들이 복창(復唱)한다. 홍
구와 그 부하들이 일제히 고함을 지르며 먹잇감을 향해 앞으
로 달려 나가기 시작했다.

＊　　　＊　　　＊

"엄마야!"

갑자기 튀어나온 사내들 덕분에 여린 심청이 깜짝 놀라 비명을 질렀다.

그러나 일행 중에 놀란 이는 그녀밖에 없었다. 그도 그럴 것이 가늠할 수 없는 무위를 가진 진백운이 있었고, 당당히 승천칠성의 일좌(一座)를 차지하고 있는 무진도 함께하고 있기 때문이었다.

진백운은 둘째 치고 무진만으로도 안심이 되는 상황이었던 것이다. 감히 승천칠성에게 덤비는 산적이라니. 지나가는 개조차 웃을 것만 같았다.

진백운이 당황하는 심청을 안정시켰다.

"걱정 말거라. 그저 잡놈들이란다."

"네."

그 말에 심청은 놀란 가슴을 진정시키며 진백운을 의지했다.

"멈춰라!"

그때 산적들의 두목인 홍구가 앞으로 나서며 진백운 일행을 향해 외쳤다.

이에 얼떨결에 일행의 책임자인 백리연이 나서며 말했다.

"무슨 일이시죠?"

"호오?"

그녀의 물음에 그는 준비한 대사도 잊은 채 백리연을 한차레 훑어보았다. 오랜만에 보는 여인의 몸이 그의 피를 끓게 만들었던 것이다.

홍구는 진백운 일행의 면모를 천천히 훑어봤다. 그러던 그는 돌연 감탄이 섞인 비명을 내질렀다.

"헉!"

그의 시선이 멈춘 곳, 그곳에는 심청이 풍만한 가슴을 소유한 채 서 있었던 것이다.

'꿩 먹고 알 먹고' 라는 표현은 이럴 때 쓰라고 만들어 놓은 것일까? 그는 오늘의 행운을 만들어준 하늘을 향해 고맙다고 기도했다.

기분이 한껏 좋아진 홍구가 웃음을 흘리며 말했다.

"호호호. 오늘은 이 형님의 기분이 좋아 특별히 봐준다. 가진 것만 내놓는다면 목숨만은 살려주마. 단! 계집들도 함께 놓고 갈 경우에만 말이다! 크하하하."

그는 말을 마치고 크게 웃음을 터뜨렸다. 그러나 그 웃음은 그리 길게 가지 못했다. 그의 귀로 진백운 일행의 대화 소리가 들려왔기 때문이다.

"쟤 뭐라니?"

진백운이 심청에게 물었다.

"모르겠어요, 실성했나 봐요."

"빨리 가죠, 마을이 코앞인데."

이번에는 무진이 일행을 향해 말했고, 이에 모두가 고개를 끄덕였다.

심청과 백리연, 두 여인의 환심(歡心)을 사기 위해 그가 계속해서 말을 이었다.

"소저들이 원하신다면 제가 이놈들을 혼내주지요."

빠직.

대화를 듣고 있던 홍구의 이마에 굵은 핏줄이 튀어 올랐다. 감히 광마대부인 자신의 앞에서 농을 주고받다니, 젊은 놈들이라 그런지 상황 판단이 안 되는 모양이었다.

그때 그의 귀에 심청이 진백운에게 작은 목소리로 속삭이는 소리가 들려왔다.

"공자님."

"응?"

"근데 저 사람 꼭 말같이 생기지 않았어요? 머리도 벗겨진 게……."

그 말이 도화선(導火線)이 되었다.

심청의 속삭임을 들은 홍구의 눈에 불이 붙었다. 이마에 솟은 핏줄은 굵어지다 못해 곧 터질 것만 같았다.

머리도 벗겨진 게. 머리도 벗겨진 게.

심청의 마지막 대사가 그의 머릿속에 계속 맴돌았다.

왜 하필이면 저리도 풍만한 가슴을 소유한 여인이란 말인가.

그는 다시 한 번 세상이 원망스러워지기 시작했다.

외모만 보는 더러운 세상.

그리고 이윽고 그 원망은 심청에게로 또 그 일행에게로 번져 나가기 시작했다.

결국 그는 부하들을 향해 명령을 내렸다. 더 이상은 치밀어 오르는 화를 참을 수 없었던 것이다.

"말로는 안 될 놈들이다, 쳐라!"

"옙, 두목!"

챙. 챙. 챙.

홍구의 명령에 부하들이 각자의 병장기를 꺼내 들며 진백운 일행을 향해 달려들기 시작했다.

*　　　*　　　*

쉭쉭.

예쁘장하게 생긴 계집이 휘두르는 검이 어찌 저리도 빠를까?

챙챙챙.

또한 그 옆에 있던 놈도 수월하게 부하들의 공격을 막아낸다. 도저히 빈틈이 보이지 않는 수비의 검(劍).

퍽퍽.

그뿐인가. 분명 허리에 검을 차고 있음에도 불구하고 주먹을 쓰는 도사 놈이 보인다. 제 실력을 다 발휘하지 않고 있다는 얘기. 그런데 문제는 그런 도사 놈의 소맷자락이 흔들릴 때마다 부하들이 추풍낙엽(秋風落葉)처럼 나가떨어진다는 사실이다.

삐질.

홍구는 이마에서 흘러내리는 땀을 닦아냈다.

혹시 고수일지도 모르지 않습니까?

송삼표의 말이 맞았다. 결국 이 녀석들은 고수였던 것이다.

'어찌한다……'

그는 손가락을 깨물며 고민했다. 이대로 도망치자니 두목의 체면이 서지 않았고 그렇다고 함부로 나설 수도 없었기 때문이다.

앞에 쾌검을 쓰는 계집이나 수비만 하는 놈 정도라면 나설 만도 했겠지만 그가 나서지 못하는 이유는 따로 있었다.

호랑말코 같은 도사 놈.

도무지 저 도사 놈의 무위가 측정되지 않았던 까닭이다.

"응?"

그때였다. 이러지도 못하고 저러지도 못하던 홍구의 눈에 두 사람이 보였다.

전장(戰場)에서 한발 떨어져 있는 진백운과 심청이였다.

홍구가 보기에 사내놈은 그 무공이 약한 듯싶었고, 풍만한 가슴을 소유한 계집년은 아무리 봐도 무공을 익힌 몸이 아니었다.

'그래, 계집들은 포기하자. 체면을 차리고 실리를 추구하는 거다.'

홍구는 머릿속으로 생각을 정리했다.

그러자 지금 이 상황에서 가장 좋은 방법이 생각났다. 계집들을 포기해야 한다는 사실이 다소 아쉽긴 했지만 일단은 돈이 더 우선이었다.

몇 달째 계속된 불황에 부하들이 동요하는 실정이다. 지금이야 자신이 두려워 함께하고는 있지만 배가 더 고파지면 어떻게 변할지 모르는 게 인간인 것이다.

부하 앞에선 언제나 당당한 두목이고 싶은 자신에게 지금 이 순간 가장 필요한 건 계집이 아닌 금전(金錢)이었다.

아쉬움을 뒤로 한 그는 오직 심청만을 호시탐탐 노렸다.

'조금 치사하지만 이 방법이 역시 최선이야.'

그는 악당의 전매특허라는 인질극을 벌이기로 했다. 자신의 머리가 좀 더 창의적이었으면 좋겠지만 지금은 마땅히 이보다 좋은 방법이 떠오르지 않았다.

인질극을 벌여서 불리하게 흘러가는 전황(戰況)을 타개하고 놈들의 재산을 갈취한다는 것이 그의 심산이었다.

그렇게 결정한 홍구는 살금살금 눈치를 살피며 심청 쪽으로 천천히 접근하기 시작했다.

진백운 일행이 방심하고 있을 때, 순식간에 심청을 인질로 잡을 생각이었다.

'단숨에 해내야 한다.'

두 번의 기회는 없었다. 만약 실패한다면 오늘 하루 허탕친 거는 둘째 치더라도 부하들 앞에서 두목의 체면조차 바닥으로 떨어질 수도 있었다.

두근두근.

마치 어렸을 적 부모님 몰래 꿀단지에 들어 있는 꿀을 훔쳐 먹었을 때처럼 그의 심장이 방망이질 치기 시작했다.

그는 진백운 일행이 방심하는 순간을 기다리고 또 기다렸다. 이윽고 그 순간이 찾아왔다는 느낌이 강하게 들었다.

홍구는 비호(飛虎)처럼 몸을 날렸다. 자신이 생각해도 이렇게 기가 막힌 시점에 이토록 빠르게 몸을 날릴 수가 없었다.

마치 시간이 정지한 듯했다.

픽!

둔탁한 소리와 함께 그의 눈에는 별이 보였다. 그리고 이내 홍구의 시간은 정말 잠시 멈추게 되었다.

*   *   *

"두목님께서 쓰러지셨다아아!"

홍구의 부하 중 한 명이 당황한 목소리로 외쳤다.

"헉! 두목!"

이에 산적들이 모두 동요하기 시작했다. 그러나 동요는 잠시뿐. 믿었던 두목마저 쓰러진 상황에 계속 싸울 의지가 있을 리 만무했다.

튀어나온 것만큼이나 빠른 속도로 산적들이 도망치기 시작했다.

"뭐지, 이 산적?"

쓰러진 홍구에게로 다가온 백리연이 자신의 검으로 그를 툭툭 치며 말했다.

"그러게요. 이놈이 두목인 것 같은데 무슨 두목이 아무 이유 없이 쓰러질까요?"

백리연 곁으로 다가온 조문이 그녀의 말을 받았다.

"그것보다 진짜 머리가 많이 벗겨졌어요……."

심청은 홍구의 외모를 빤히 쳐다보면서 안쓰럽다는 듯이 말했다.

갑자기 쓰러진 홍구에게 의문을 느끼면서 일행들은 이런 저런 얘기를 나누었다.

'역시!'

그러나 그 상황에서 무진은 진백운을 응시하고 있었다. 아무도 못 봤지만 그는 봤던 까닭이다.

'엄청난 속도였어. 거기다 은밀하기까지 한 수법이라니.'

그는 진백운이 홍구에게 썼던 수법을 다시 떠올렸다.

홍구가 심청을 덮치려던 그 순간, 진백운은 아무도 모르게 그를 향해 검격(劍擊)을 날렸던 것이다.

그것은 마치 격공장(擊空掌)과도 같은 수법이었다. 허공을 때려 상대를 타격하는 기술. 그것을 진백운은 검으로 표현했을 뿐이다.

물론 이 정도는 무진 자신도 할 수 있는 일이다. 그러나 진백운처럼 예비동작 없이 그것도 아무도 눈치 못 챌 정도로 빠르고 은밀하게 할 수 있냐고 묻는다면 자신 있게 대답할 수 없었다.

그만큼 진백운의 한 수는 상승의 공부였던 것이다.

'어쩌면…….'

무진은 속으로 생각했다. 어쩌면 진백운의 무위가 자신을 뛰어넘을지도 모른다고 말이다. 그 말은 진백운은 이미 승천칠성의 경지를 넘어서고 있다는 뜻도 됐다.

'이미 강호에는 새로운(新) 별(星)이 떴었군.'

그동안 자신의 상대는 나머지 승천칠성밖에 없다고 생각해 왔었다. 그러나 진백운의 한 수는 그런 자신의 생각을 오만이라고 알려주었다.

모래알처럼 많은 은거기인(隱居奇人)이 숨어 있는 곳이 무림(武林)이라 했던가.

그는 진백운을 통해서 다시 한 번 무림의 잠재된 힘 앞에 겸손함을 가질 수 있었다.

"빨리 가요, 우리. 배고파요."

홍구의 벗겨진 머리에서 드디어 관심을 뗀 심청이 익살스럽게 말했다.

그 말에 일행 모두가 고개를 끄덕였다. 마을이 지척이다. 한시라도 빨리 따뜻한 물에 몸을 녹이고 싶었다.

"그래, 빨리 가자꾸나."

진백운이 그녀의 말을 받았고, 이내 일행들은 다시 앞으로 걸어 나가기 시작했다.

"하하하. 갑시다. 제가 제법 괜찮은 객잔을 알고 있지요. 하하하."

진백운에 대한 생각을 털어낸 무진이 다시 활기찬 어조로 일행들을 이끌었다.

'언젠가는 보게 되겠지.'

그러나 그의 눈빛은 여전히 진백운을 응시하고 있었다.

*　　*　　*

한 시진(2시간)이나 지나서야 홍구는 정신을 차릴 수 있었다. 눈을 뜨니 부하들의 얼굴이 거꾸로 보였다.

"끄응."

홍구는 머리를 한차례 뒤흔들며 자리에서 일어났다.

"두목, 괜찮으십니까?"

송삼표가 그런 홍구를 향해 걱정스런 말투로 물었다.

"당했다."

"네, 제대로 당하셨습니다."

딱!

사실을 말했건만 송삼표에게 돌아오는 건 역시나 딱밤이었다.

홍구는 진지한 표정으로 말했다.

"녀석들에게 당한 게 아니다."

"네?"

부하는 무슨 말이냐는 듯 어리둥절한 표정을 지었다. 정황상 두목을 쓰러뜨릴 이들은 좀 전에 그들밖에는 없었기 때문이다.

"녀석들의 뒤를 봐주는 은거기인이 있었다."

"은거기인이요?"

"그래, 놈들을 공격하려는 순간, 무시무시한 기운을 느꼈지. 그래서 고개를 돌려보니 흰 수염을 멋들어지게 기른 괴승(怪僧)이 나타나더군. 그 노인은 분명 소림(小林)의 인물이었어."

"헉! 소림이요?"

그 말에 송삼표와 부하들이 화들짝 놀랐다.

천하공부 출소림(天下工夫, 出小林 : 세상에 모든 공부는 소림에서 나온다)이란 말이 있듯이 명실상부 무림의 태산북두(泰山北斗)로 자리한 문파였기 때문이다.

홍구는 고개를 끄덕이며 말을 이었다.

"그래, 분명 백보신권(百步神拳)이었어."

"헉! 백보신권!"

부하는 더욱 깜짝 놀라며 눈을 동그랗게 떴다.

백 보(百步) 밖에서도 적을 타격할 수 있다는 전설의 백보신권이다. 홍구의 말이 사실이라면 그가 갑자기 쓰러진 이유가 모두 설명이 되었다.

송삼표는 이제야 왜 홍구가 갑작스럽게 쓰러졌는지 이해할 수 있었다. 전설의 백보신권을 쓰는 소림의 고수라면 천마(天魔) 정도는 되어야 상대가 되지 않겠는가.

"그래, 그나마 나 정도니까 기절하는 정도로 멈췄을 것이야."

거짓말이 어느 정도 먹히자 홍구는 다시 부하들을 향해 으스대며 말했다.

그때, 한쪽에서 다른 부하가 뛰어와 급하게 보고했다.

"두목님, 한 놈이 더 이쪽으로 오고 있습니다."

새로운 사냥감의 등장.

"좋아, 한 놈밖에 안 되는 게 좀 아쉽긴 하지만 입에 거미줄 치게 생겼으니 어쩔 수 없지. 사냥에 나선다."

보고를 들은 홍구는 근엄한 목소리로 외쳤다.

이에 정보를 전달한 부하가 조심스럽게 말했다.

"그런데 두목님. 놈은 어깨에 커다란 도를 메고 있었는데……."

"음."

순간, 홍구는 고민이 되었다. 이미 한 번 혼쭐이 난 상태다. 자라 보고 놀란 가슴 솥뚜껑 보고 놀란다고 그는 좀 전과는 달리 다소 위축되었던 까닭이다.

그러나 답이 없는 고민이었다. 어쨌든 한번 건드려 보는 수밖에 없었던 것이다.

"어차피 한 놈이잖아, 안 그래? 좀 전의 그 괴승도 사라졌을 테니 문제없을 거야."

그는 애써 부하들을 향해 자신의 생각을 합리화시켰다.

"그럼 준비할까요?"

송삼표가 물었다.

"그래! 사냥을 시작한다."

홍구가 다시 당당한 표정과 말투로 명령했다.

"자, 돌격 앞으로!"

"돌격 앞으로!"

다시 한 번 힘차게 사냥에 나서는 홍구와 부하들이다.

*　　　*　　　*

"가진 거 다 내놔!"

홍구는 말을 하면서 다음에는 좀 더 참신한 대사를 준비해야겠다고 생각했다.

그러나 이미 내뱉은 말을 주워 담을 수도 없는 노릇.

그는 자신과 부하들에게 포위당한 중년인을 쳐다봤다.

'뭘까, 이 위화감은?'

이런 감정은 태어나서 처음이었다. 무언가 알 수 없는 위화

감. 또한 등 뒤로는 식은땀이 자기도 몰래 흘러내렸다.

"뭐지?"

중년인이 낮은 음성으로 말했다.

'십할, 왠지 잘못 걸린 느낌인데……'

홍구는 계속되는 이상한 감정에 머릿속으로 그렇게 생각
했다. 그리고는 주위를 둘러보았다. 부하들이 모두 자신의 대
사를 기다리고 있는 상태였다.

두목의 자존심을 따르느냐, 내면에서 보내는 경고를 따르
느냐, 그것이 문제였다.

그러나 결국은 폼생폼사였다.

"이, 이 몸은 광마대부(狂魔大斧)이시다. 그, 그러니 가진
거 다 내놓고, 썩 꺼, 꺼지거라."

생각만큼 자연스럽게 나오지 않는 대사였다.

중년인이 스산한 미소를 지으며 말했다.

"큭, 광마(狂魔)."

그 미소 섞인 말에 홍구와 부하들의 다리가 얼어붙기 시작
했다. 중년인의 분위기가 심상치 않았던 것이다.

'좋지 않다.'

송삼표는 언제나 자신의 생명을 살려준 감(感)을 믿었다.

그는 중년인을 보면서 슬금슬금 뒤로 빠지기 시작했다. 다
행히 홍구를 포함한 동료 모두 중년인에게 시선을 뺏긴 탓인

지 아무도 자신의 뒷걸음질을 눈치채지 못했다.

송삼표가 동료들의 눈을 피해 우거진 수풀로 몸을 피할 때쯤, 중년인이 홍구를 향해 말했다.

"광마라……."

그는 잠시 말을 끊었다.

그리고는 이내 다시 말을 이었다.

"이름이 같다는 건 기분이 나쁜 일이지."

숲속에 두 마리의 호랑이가 동시에 존재할 수 없듯이 무(武)의 숲(林)에는 똑같은 별호가 한 하늘 아래 존재할 수 없는 법. 동명이인(同名異人)은 무림에 불가(不可)한 법이었다.

중년인은 어깨에 메고 있던 도를 내렸다.

그리고 도를 감싸고 있던 천을 천천히 풀어냈다. 이윽고 중년인의 도가 그 실체를 드러냈다.

그 도에는 광풍무적(狂風無敵), 일도진천(一刀震天)이라는 여덟 글자가 진하게 새겨져 있었다.

"광풍무적……. 일도진천……? 헉!"

천천히 도에 새겨진 여덟 글자를 읽던 홍구의 얼굴이 절망으로 물들어가기 시작했다.

십 년 전, 강호를 피로 물들였던 천마성. 그리고 그런 천마성에서 내려오는 전설이 순간 머릿속에 떠오른 것이다.

미친 바람은 적이 없고, 일도는 하늘을 진동시키네.

덜덜덜.

"과, 광마도……."

전신을 떨어대며 홍구가 힘없이 중얼거렸다. 비단 그뿐만이 아니었다. 그의 부하들 역시 유승의 정체를 알자마자 도망갈 생각조차 못하고 온몸을 사시나무처럼 떨어대고 있었다.

그런 홍구와 부하들을 보며 유승이 말했다.

"반갑다, 광마도(狂魔刀)라 한다."

그러면서 그는 스산한 미소와 함께 폭풍과도 같은 마기(魔氣)를 밖으로 내뿜었다.

"으으으."

"으으으."

홍구와 그의 부하들은 연신 신음을 내뱉었다.

그리고 그 신음이 비명으로 바뀐 건 순식간에 벌어진 일이었다.

한 폭의 지옥도(地獄道)를 펼치며 유승의 커다란 도가 주변을 뒤덮었다.

*　　　*　　　*

“음.”

사내는 널브러진 시체들을 살펴보며 짧은 신음을 삼켰다.

단 한 수에 몸이 짓이겨진 시체들, 심지어 어떤 시체는 두세 명이 동시에 반 토막이 난 듯 보였다.

‘항거할 수 없는 적 앞에서 미처 반항조차 못했구나.’

시체들의 사인(死因)을 모두 살핀 강일(姜一)의 소감이었다.

“대주, 시체들은 어찌할까요?”

대원 중 한 명이 앞으로 와 물었다.

“묻어줘야지.”

강일은 그 물음에 짧게 대답했다.

딱 보니 산적이었다. 세상에 있을 필요조차 없는 놈들. 그러나 이미 고인(故人)이 된 사람들이다. 후생(後生)에서라도 편안한 삶을 살 수 있도록 무덤을 만들어 주는 게 좋았다. 그것이 정의(正義)를 실현한다는 질풍대(疾風隊)가 마땅히 해야 할 일이었다.

“알겠습니다.”

강일의 명령에 대원들이 고개를 숙여 답을 하고 이내 땅을 파기 시작했다. 양지(陽地)바른 곳에 무덤을 만들 생각이었던 것이다.

‘거병(巨兵 : 커다란 무기)에 당했다. 이 정도 수준이라면….

염화도제, 암룡창제, 광마도 정도의 인물일 듯싶은데…….'

그러나 이내 강일은 고개를 내저었다. 이미 자신과 같은 승천칠성을 뛰어넘은 인물들이다. 굳이 이런 산골의 산적을 몰살시킬 이유가 마땅히 없었다.

"그나마 광마도일 확률이 높겠군. 아니면 암룡창제이거나."

그는 단정적으로 혼자 중얼거렸다. 염화도제는 엄연히 무림맹의 수뇌부에 속한 인물이다. 절대 이런 살육을 저지를 인물이 아닌 것이다. 또한, 그의 무공은 극양(極陽)의 무공, 만약 그가 손을 쓴 것이라면 시체에는 불에 탄 흔적만이 남았을 것이다.

그렇다면 정사중간(正邪中間)의 인물인 암룡창제와 광마도가 남는다. 그 둘이라면 어느 정도 이해는 되었다. 만약 산적들이 심기를 거슬렀다면 얼마든지 이런 살육을 벌일 인물들이었기 때문이다.

"차라리 암룡창제라면 좋겠군."

그나마 천마성의 인물인 광마도보다는 암룡창제가 나았다. 암룡창제는 혼자 무림을 종횡하는 인물. 다른 목적은 없을 것이기 때문이었다.

어차피 산적들이야 세상에 암(癌)적인 존재들. 그들의 죽음은 무림에 그 어떤 영향도 발휘하지 못할 것이다.

그러나 흉수가 광마도라면 무림맹 입장으로선 골치가 아
파진다. 천마성이 다시 움직이는 건 아닌지 촉각을 곤두세워
야 하기 때문이다.

강일은 하늘을 올려다보았다. 푸른 하늘이 먹구름으로 뒤
덮이는 중이었다. 곧 있으면 한차례 비가 쏟아질 것만 같았
다.

'마치 하늘이 그때 같구나.'

그는 십 년 전을 떠올렸다. 자신이 막 검(劍)을 잡았던 그
때. 그날의 하늘도 오늘과 같았다. 그리고 마(魔)의 하늘이 온
세상을 뒤덮기 시작했다.

만약 갑작스런 천마성의 휴전(休戰) 제안이 없었다면 이 세
상은 어떻게 되었을까? 그리고 자신은 어떻게 되었을까?

그는 산적들의 시체를 묻고 있는 대원들을 둘러보았다.

'그랬다면 질풍대는 탄생조차 못했겠지.'

마도천하(魔道天下)가 이뤄진 세상에 정의를 수호하는 단
체가 있을 리는 만무했다. 그리고 자신과 함께 현 무림에서
찬란하게 빛나는 일곱 별(昴天七星) 또한 그 빛을 진즉에 잃었
을 것이다.

"흉수가 광마도라면 대회는 어떻게 되는 것입니까?"

어느새 강일의 곁으로 다가온 부대주 서문엽(徐雯燁)의 질
문이었다.

이번 청운대회는 질풍대의 명예를 한층 더 빛나게 만들 대회였던 까닭이다. 그 이유는 자신들의 대주인 강일의 출전이었다.

그렇기에 서문엽으로서는 혹시나 광마도로 인해서 대회가 취소되는 건 아닐지 걱정이 됐던 것이다.

강일이 그 질문에 답했다.

"만약 광마도라고 할지라도 천마성이 움직인 게 아니라면 정상대로 진행되겠지. 어차피 산적들의 죽음일 뿐이니까."

그 말에 서문엽이 고개를 끄덕였다.

강일의 말처럼 고작 산적들이 몰살당했을 뿐이다. 무림맹에서 천마성이나 광마도에게 왜 산적을 죽였냐고 따지는 건 말도 안 되는 일이었다.

또한, 그런 이유로 인해 젊은 무인들의 대축제라는 청운대회가 취소된다면 강호 전체가 무림맹을 겁쟁이라 욕할 게 불 보듯 뻔했다.

그러나 강일은 심각한 표정으로 말했다.

"그래도 맹(盟)에서 주시할 필요는 있겠지……."

이에 서문엽이 다시 한 번 고개를 끄덕였다. 어찌 됐든 광마도는 천마성의 핵심 인물. 그가 무슨 일을 벌일지 모르는 일이었기 때문이다.

아마도 무림맹은 청운대회가 끝날 때까지 광마도의 행보

에 촉각을 곤두세워야 할 것이었다.

"이럴 때는 내가 천살(天殺)이었으면 좋겠군."

"하하, 왜요? 대주께서 천마(天魔)라도 죽이실 생각이십니까?"

강일의 독백을 서문엽이 농으로 받았다.

'그럴 수만 있다면 얼마나 좋겠나.'

속으로 그렇게 생각하며 강일은 씁쓸하게 미소를 지었다.

지정된 목표는 하늘도 죽인다는 전설의 살수, 만약 자신이 그런 살수였다면 마의 하늘부터 죽였지 싶은 게 강일의 속마음이었다.

第八章

풍운객잔(風雲客棧)

남양(南陽) 시내 중심에 위치한 풍운객잔(風雲客棧)은 무림인이 즐겨 찾는 객잔으로 유명한 곳이었다.

그래서 이름도 풍운(風雲)이다. 바람과 구름처럼 신출귀몰(神出鬼沒)하기 짝이 없는 무림인들이 머물러 가기 때문이다.

"객잔이다!"

멀리서 풍운객잔의 간판을 확인한 심청이 신 나는 목소리로 먼저 뛰어갔다.

하긴 그럴 만도 했다. 다른 일행이야 평소 무공으로 단련된 몸이라지만 심청은 연약한 여자일 뿐이었다. 당연히 몸 고생도 남들의 두 배였다.

객잔은 상당히 넓은 편이었고, 총 2층으로 되어 있었다. 1층에는 간단하게 식사를 할 수 있도록 탁자들이 배치되어 있었고, 2층은 숙박을 원하는 손님들에게 제공할 방들이 다닥다닥 붙어 있었다.

"어서 옵셔!"

점소이가 부리나케 뛰어와 백리연 일행을 맞이했다.

"남는 방이 있나요?"

백리연이 점소이를 향해 물었다.

"그럼요, 저희 객잔은 언제나 방이 넘치죠."

점소이가 익살스럽게 그녀의 대답을 받았다.

풍운객잔은 무림인이 애용하는 객잔인 만큼 범인(凡人)들의 발길이 드물었던 것이다. 허구한 날, 싸움을 벌이는 무림인이다. 괜히 잘못 휘둘렸다가 이 세상 하직하느니 불편해도 근처 소규모의 객잔을 이용하는 편이 훨씬 나았다.

"그럼 작은 방 하나와 큰 방 하나, 이렇게 준비해 주세요."

백리연이 점소이를 향해 말했다.

일행의 구성상 심청과 백리연이 작은 방, 그리고 남자 셋이 큰 방, 이렇게 두 개로 묶어버린 것이다.

"네네, 그렇게 합지요. 그런데 식사는?"

점소이가 백리연의 주문을 받으면서 식사의 여부를 물었다. 시간이 애매했던 것이다. 이미 저녁을 먹었을 시간이지만 지금 시간에 객잔을 찾았다는 건 이제야 남양으로 들어왔다는 뜻도 되었기 때문이다.

그 질문에 백리연이 일행들을 향해 말했다.

"일단 씻고 먹는 게 좋겠죠?"

이에 일행들이 고개를 끄덕이며 그녀의 의견에 동조했다. 배고픔보다는 찝찝함이 더 컸던 까닭이다.

백리연이 점소이를 향해 물었다.

"아, 그리고 바로 씻을 수 있나요?"

"그럼요. 저희는 언제나 온수(溫水)를 준비해 놓는 걸요."

점소이가 계속해서 말했다.

"그런데 손님……."

"네?"

"저희 가게는 선불입니다요."

워낙 사고만 치고 내빼는 게 무림인인 탓에 풍운객잔은 언제나 계산은 선금으로 받았던 것이다.

"아, 여기……."

그녀는 서둘러 돈을 꺼내려 했지만 중간에 그 행동을 멈추었다.

진백운이 이에 앞서 먼저 지불했기 때문이다. 딱히 돈 자랑

하려는 건 아니었고, 그동안 백리세가에서 얻어먹은 게 많았
던 까닭이다.

물론 돈이라면 차고 넘치기도 했지만 말이다.

"여기 있소. 그리고 한 시진 뒤에 술자리도 미리 마련해 주
시오. 나머지는 가지시고."

"예, 옙. 걱정 마십쇼."

돈을 받은 점소이의 허리가 땅에 닿을 듯 깊게 숙여졌다.
무려 은자를 다섯 냥이나 받았던 것이다. 보통 서민 가족 5명
이 한 달에 소모하는 돈이 은자 열 냥쯤 되었다. 그런데 그 반
을 한 번에 받았으니, 자신의 앞으로 남을 돈도 상당했다.

'역시 무림인이 통이 커.'

그는 다시 한 번 풍운객잔에서 일하길 잘했다는 생각이 들
었다. 그러면서 서둘러 손님들이 씻을 수 있게 준비하러 갔
다.

"너무 많이 준 거 아니에요?"

백리연이 걱정스런 표정으로 그에게 물었다.

그 질문에 진백운은 웃으며 답했다.

"저토록 친절한 점소이는 오랜만이라서 말이요."

이에 모두가 고개를 끄덕였다. 확실히 점소이는 처음부터
끝까지 친절로 임했던 것이다. 역시 모든 장사의 기본은 친절
이었다.

"그럼 각자들 씻고 한 시진 뒤에 봅시다."

진백운은 그렇게 말하고 먼저 2층으로 올라갔다. 이내 일행 모두 그동안 노숙으로 인해 찝찝했던 몸을 씻기 위해 서둘러 발걸음을 옮겼다.

*　　　*　　　*

주룩주룩.

어느새 밖에는 한차례의 비가 쏟아지고 있었다.

목욕을 마치고 1층으로 다시 내려온 일행들은 창가 쪽 자리로 안내되었다.

그곳에는 이미 술과 음식들이 한 상 가득 차려진 상태였다.

점소이가 일행들을 향해 말했다.

"저희 객잔에 몇 개 없는 서봉주(西鳳酒)입니다. 특별히 제가 여러분을 위해 내왔지요. 헤헤."

확실히 돈이 좋긴 좋은 모양이다. 점소이가 준비한 술은 다섯 가지의 오묘한 맛을 내기로 유명한 서봉주였다.

"크으, 이 귀한 걸……."

무진이 도사라는 자신의 신분을 망각했는지 감탄사를 연신 내뱉었다. 하긴 진백운에게 취선이 되겠다 말한 그였으니 술 좋아하기로는 더 이상 말할 필요도 없었다.

“일단 먼저 건배할까요?”

일행을 대표해 백리연이 제안했다.

“좋죠!”

“좋아요!”

무진과 심청이 그 말에 맞장구를 치며 반겼다.

진백운과 조문도 가벼운 미소를 지으며 그 의견에 찬성했다. 곧이어 술잔이 돌고 일행들은 모두 기쁜 마음으로 다 같이 건배했다.

백리연이 먼저 선창(先唱)했다.

“자, 그럼. 다가오는 청운대회를 위하여!”

“위하여!”

커다란 외침과 함께 일행들의 잔이 부딪혔다.

*　　　*　　　*

끼이익~

백리연 일행이 한창 이야기꽃을 피우며 술잔을 나누던 때에 객잔 문이 열리며 일련의 무리가 안으로 들어섰다.

그들은 모두 청색의 무복을 입고 허리춤에는 한 자루의 검을 차고 있었는데 무엇보다 무복의 가슴팍에 수놓아진 질풍(疾風)이란 두 글자가 인상적이었다.

바로 무림맹(武林盟)이 자랑한다는 오대(五隊)에 당당히 그 이름을 올린 질풍대(疾風隊)였다.

"응? 대주. 저기 운중복검입니다."

부대주 서문엽이 강일의 귀에 속삭였다.

이에 강일의 시선이 무진에게로 향했다. 무진은 한참 웃고 떠들며 일단의 무리와 함께 술자리를 즐기고 있는 중이었다.

"여전하군, 술 좋아하는 건."

그런 무진의 모습을 보면서 강일이 중얼거렸다.

곧이어 그는 대원들을 향해 적당히 자리 잡으라 명하고 무진이 있는 쪽으로 발걸음을 옮겼다.

"오랜만이군, 무진."

백리연 일행의 자리로 다가선 강일이 무진을 보며 인사를 건넸다.

"엉 좌눼광 영기 웽잉러? (어? 자네가 여기 웬일로?)"

무진이 닭다리를 그대로 문 채 웅얼거리며 그 인사를 받았다.

"잠시 합석해도 괜찮습니까?"

강일이 일행들을 바라보며 말했다.

이에 일행들이 무진을 쳐다봤다. 그와 아는 사이인 것 같았기 때문이다.

꿀걱.

힘겹게 남은 고기를 목으로 넘긴 무진이 일행들에게 강일을 소개했다.

"아, 이 친구는 강일이라고 저와는 예전에 몇 번 안면이 있는 친구입니다."

그의 설명에 백리연과 조문이 놀란 표정을 지으며 외쳤다.

"승천칠성(昇天七星)!"

"질풍대주(疾風隊主)!"

무진과 함께 그 이름도 찬란하다는 강일의 등장에 놀란 외침이었다.

그러나 무림에 대해 전혀 모르는 심청과 평소 무림 일에는 전혀 관심이 없는 진백운의 반응은 심드렁했다. 두 사람은 백리연과 조문의 반응을 통해 '아, 또 센 놈 출현이다.' 하는 표정을 지을 뿐이었다.

"그럼요, 자리가 누추해서 괜찮으실지."

백리연이 공손하게 합석을 허락했다. 다른 사람도 아닌 질풍대주다. 승천칠성 중에서도 무림의 권력에 가장 가까운 인물이 그였던 까닭이다.

"감사합니다."

강일이 고개를 숙여 그녀에게 감사를 표했다.

이에 항시 대기 중이던 점소이가 부리나케 달려와 그가 앉을 수 있도록 자리를 마련했다.

잠시 후, 자리에 착석한 강일이 무진을 향해 말했다.

"소개 좀 해주시게."

초면인 사람들이었기 때문에 그는 무진에게 소개를 부탁한 것이다. 또한, 자신과 함께 무림의 기재로 평가되는 무진이 어떻게 이들과 함께 이 자리에 있는지도 궁금했던 차였다.

강일의 부탁을 들은 무진이 일행을 한 명씩 소개해 주었다.

"음, 이쪽은 백리세가의 금지옥엽(金枝玉葉)인 백리연 소저, 그리고 이쪽은 그녀의 호위무사인 조 무사, 또 이쪽은 아름답기 그지없는 심청 소저, 마지막으로 이쪽은……."

일행을 쭉 소개하던 그는 진백운에게서 잠시 말을 끊었다.

그리고 이내 미소를 지으며 강일을 향해 계속해서 말을 이었다.

"별호나 출신은 잘 모르겠지만 어쨌든 신성(新星)인 진백운 소협이라네."

그는 산적의 두목인 홍구를 치리한 진백운의 기막힌 한 수를 근거로 그를 승천칠성 급으로 강일에게 소개한 것이다.

"신성?"

무진의 설명에 강일이 호기심 어린 표정으로 진백운을 바라봤다. 그러나 진백운은 균형 잡힌 몸매 말고는 딱히 강하다는 인상을 풍기지 않았다.

무진이 말했다.

"응, 신성. 어쩌면……."

그는 잠시 말을 끊었다.

"어쩌면?"

강일이 그 뒷말을 궁금해하자 무진은 의미심장한 미소를 지으며 나머지 말을 이었다.

"그 이상?"

이에 강일의 호기심이 더 짙어졌다. 운중복검이 그리 평한다면 그런 것이리라. 그는 궁금한 표정을 지으며 다시 무진에게 물었다.

"그럼 여기 있는 소협, 소저들 모두 이번 청운대회에 나가겠군."

모두라고 말했지만, 그가 궁금한 건 진백운의 출전 여부였다.

그러나 무진은 고개를 저으며 답했다.

"아니, 여기 연 소저와 조 무사만 나간다네. 진 소협이 나간다면 재밌었겠지만 아쉽게도 불참한다더군."

이 말에 강일은 아쉬운 표정을 지었다. 강한 상대와 싸운다는 건 언제나 행복한 일이기 때문이다. 그런데 무진이 인정할 정도로 강한 상대가 대회에 출전하지 않는다고 하니 그 아쉬움이 오죽하겠는가.

"궁금하군요, 소협의 무위가."

강일이 진백운을 쳐다보며 말했다.

"뭐, 언젠가는 기회가 있겠지요."

그 말에 진백운이 형식적인 대답을 취했다.

강일 또한 그 대답이 형식에 지나지 않다는 것을 알았다. 그렇다면 오늘 이후로 과연 기회가 찾아올까? 그는 고개를 저었다. 이 넓은 중원에서 이렇게 또 만날 기회는 찾아오기 드물었던 것이다.

그렇게 한번 생각이 들자 자꾸만 진백운의 실력이 궁금해지기 시작했다. 무진은 신성, 어쩌면 그 이상이라는 표현을 썼다. 즉, 그 말은 자신을 포함한 승천칠성을 뛰어넘을지도 모른다는 것이다.

그런데 보아하니 진백운은 대회에도 나가지 않고, 비무를 요청해도 받아줄 생각이 없어 보인다.

진백운이 그러면 그럴수록 강일의 호기심도 더 높아만 졌다. 그리고 호기심이란 놈은 결과가 확인이 날 때까지 결코 사라지지 않는 놈이었다.

결국 그는 진백운의 실력을 한번 시험해 보기로 했다.

강일이 일행들을 향해 말했다.

"이렇게 만난 것도 인연인데, 제가 한 잔씩 따라드리겠습니다."

그러면서 강일은 탁자 위에 놓여진 술병을 잡았다.

이내 그는 무진부터 시작하여 백리연, 조문, 심청까지 쭉
한 잔씩 술을 따라주었다.

그리고 곧이어 진백운이 잔을 받을 순간이 다가왔다.

강일이 눈빛을 빛내며 진백운의 잔에 술을 따르기 시작했
다. 그러면서 그는 흘려보내는 술에 자신의 내기(內氣)를 가
득 담았다.

진백운의 내공을 가늠해 보고 싶었던 까닭이다.

쨍그렁.

"어머?!"

갑자기 깨지는 술잔 때문에 심청이 깜짝 놀란 표정을 지었
다. 그건 다른 일행도 마찬가지였다.

"음."

다만 술에 내기를 담은 강일과 그 모습을 지켜보던 무진은
진백운을 향해 의외라는 표정을 지어 보였다.

보통의 무인이라면 호승심 때문이라도 잔에 내기를 담아
잔이 깨지지 않게 하기 때문이다.

설혹 내공이 모자라 잔이 깨진다 하더라도 저항을 했다면
그 잔이 한동안은 떨려야 정상이었다.

그런데 진백운의 잔은 마치 받는 사람이 무공을 하나도 모
르는 사람처럼 순식간에 깨져 버린 것이다.

강일은 의구심 가득한 표정으로 진백운을 바라봤다.

그는 왜 잔을 보호하지 않았냐는 의미를 담은 눈빛을 진백
운에게 보내고 있었다.

진백운이 피식 웃으며 말을 이었다.

"술잔이 존재하는 이유는 술을 받기 위함이지요."

"음."

그의 답변에 강일이 짧게 신음을 흘렸다. 진백운이 의미하
는 바가 무엇인지 느껴졌기 때문이다.

진백운의 말대로 술잔이 존재하는 이유는 술을 받기 위해
서다. 그런데 자신은 그곳에 내기를 담은 것이다. 즉, 그 존재
에 맞지 않는 행동을 한 것과 같았다.

진백운도 이와 같았다. 그가 이곳에 앉아 있는 이유는 술을
마시기 위함이지 싸우고자 함이 아니었다. 즉, 자신이 계속
싸움을 건다면 좋았던 술자리가 술잔처럼 깨진다는 사실을
간접적으로 표현했던 것이다.

결국 강일은 품었던 호승심을 잠시 뒤로 미뤄야만 했다. 어
찌 됐든 자신이 합석한 자리다. 정의를 대표하는 질풍대의 대
주가 사람들의 소소한 술자리를 망치는 건 예의가 아니었다.

"하하하, 죄송합니다. 제가 무례를 범했으니 사과의 의미
로 술을 대접하고 싶습니다. 괜찮으십니까?"

강일은 시원하게 자신의 잘못을 인정하고 진백운과 일행
들을 향해 의사를 물었다.

술 사준다는 말을 거부할 이는 당연히 아무도 없었다.

이에 득을 본 사람은 객잔의 점소이였다. 추가 주문과 함께 수고비로 또 한몫 챙긴 것이다.

'드디어 내게도 재신(財神)이 강림했구나!'

서둘러 술을 내오기 위해 주방으로 향하는 점소이의 발걸음은 깃털처럼 가벼웠다.

*   *   *

보통 만나기 싫은 사람은 어딜 가나 만나게 되는 게 인연(因緣)의 묘미이다.

물론 개중에는 악연(惡緣)도 존재한다.

백리연에게 있어 윤자명이란 사내가 바로 이런 악연에 속하는 대표적인 인물이었다.

"아니, 이게 누구야?!"

선풍철검 윤자명이 백리연을 발견하고는 특유의 허세 섞인 목소리로 외쳤다.

그 모습에 백리연이 고개를 절레절레 흔들었다. 저 인간은 지겹지도 않은 모양이다.

"어이! 의자!"

성큼성큼 백리연 일행이 있는 탁자로 다가온 윤자명이 점소이를 향해 명령했다.

오늘 친절한 손님들만 받았던 탓인지 점소이는 살짝 기분이 상했지만 본인의 역할에 충실히 임했다.

빠른 속도로 의자를 놓은 점소이가 물러나자 윤자명이 다짜고짜 자리에 앉았다.

질풍대주 강일마저도 합석 여부를 묻고 앉은 자리이지만 윤자명은 그런 사실을 몰랐다. 그는 한껏 허세를 떨 생각에 자리에 앉아 있는 인물들의 면모를 자세히 살피지 않았던 것이다.

만약 그가 조금만 신중했다면 그저 도사로만 보이는 무진은 제외하고라도 강일의 가슴팍에 수놓아진 '질풍'이란 두 글자를 알아봤을 테지만 그는 여전히 신중과는 거리가 먼 인물이었다.

윤자명이 백리연을 향해 조롱 섞인 질문을 던졌다.

"며칠 내내 경공(輕功)만 사용했나 보지? 벌써 여기에 온 걸 보면 말이야."

분명히 산길로 발걸음을 돌린 백리연 일행이다. 그런데 자신보다 먼저 도착했다는 사실에 분명 경공을 사용했을 거라고 추측한 것이다.

그러나 윤자명은 두 가지 사실을 알지 못했다.

첫째로 백리연 일행이 무진의 안내를 통해 지름길을 가로

질러 왔다는 사실이고, 둘째로 일행 중에 심청은 경공을 펼칠 수 없다는 사실이었다.

그는 혀를 차며 계속 말했다.

"그러게 왜 편한 길 놔두고는……. 쯧쯧."

"……."

이러한 윤자명의 행동에 자리에 앉아 있던 일행들의 얼굴이 찌푸려졌다.

특히 강일의 기분은 더욱 나빴다. 그가 제일 싫어하는 부류의 인간이 바로 윤자명 같은 인간이었던 까닭이다.

되지도 않는 권력을 믿고 까부는 애송이들.

오로지 자신의 실력으로만 질풍대주의 자리까지 올라온 그였기에 집안의 권력을 믿고 까부는 천둥벌거숭이 같은 인물을 제일 경멸했던 것이다.

강일이 윤자명에게 물었다.

"누구시오?"

기분이 나쁘니 말도 짧게 나왔다.

"이런, 이런. 내 소개가 늦었군요. 윤자명이라고 합니다."

윤자명은 어깨를 쫙 펴고 강일의 말에 대답했다. 요즘 한창 호북에서 그 세를 늘리고 있는 철검문이다. 뿐만 아니라 자신 또한 선풍철검이라는 명호로 제법 알려진 상태였다.

이만하면 어깨 쫙 펴고 위풍도 당당하게 자기소개를 해도 되지 않겠는가.

윤자명은 이어질 반응을 기대했다.

그가 생각하기에 아마 이 자리에 있는 인물들은 하찮은 백리세가 여식에게 쏟았던 관심을 모두 접고 그 관심을 자신에게로만 쏟을 것 같았다.

그러나 돌아온 대답은 그의 예상과는 사뭇 다른 반응이었다.

강일이 윤자명을 향해 말했다.

"알겠으니, 그만 일 보시오."

명백한 축객령이었다. 좋은 말로 해서 그만 일 보라는 말이지, 사실상 꺼지라는 말과도 같았던 것이다.

"……."

순간, 윤자명의 얼굴이 붉은색으로 물들어갔다.

설마 이런 반응이 나오리라고는 예상도 못 했기 때문이다. 자신이 누군가. 대 철검문의 둘째 공자, 호북의 선풍철검이다. 그가 살면서 이렇게 무시당한 건 거짓말 하나도 안 보태고 처음이었다.

'훗, 초출인가 보군.'

화가 나긴 했지만 그는 인내심을 가졌다.

하남이다 보니 아직 자신의 소문을 듣지 못한 초출내기들이 있을 수도 있을 것이란 생각이 들었기 때문이다.

이내 그는 헛기침을 한 번 하고 다시 친절하게 자신을 소개
했다.

"큼큼. 이 몸이 바로 선풍철검이오. 철검문의……."

그러나 윤자명은 말을 계속 이을 수 없었다. 강일이 중간에
그의 말을 끊었던 까닭이다.

강일이 짧게 말했다.

"그만 가보라 했소."

좀 더 직접적인 말투였다.

철검문이 호북에서 뜨고 있다는 소식은 강일도 이미 들어
알고 있었지만, 그뿐이었던 것이다. 무림맹이 있고 구파일방
이 존재하는 이유가 무엇인가. 바로 헤아릴 수 없는 유구한
역사가 있기 때문이다. 아무리 철검문이 뜬다고 해도 아직은
그 역사가 자리 잡지 못한 문파였다.

이런 이유들로 인해 강일의 눈에는 철검문을 등에 업은 윤
자명은 군소문파 출신의 인물로밖에 보이지 않았던 것이다.

"……."

윤자명의 얼굴이 부끄러움으로 물들어가고 있었다.

중간에 말을 끊는 것도 모자라 이런 모욕감을 줄지는 상상
도 못했던 까닭이다.

챙.

화가 난 그는 홧김에 검을 뽑으며 말했다.

"감히! 내가 누군지……."

그러나 이번에도 그의 말은 계속 이어질 수 없었다.

쉭, 쉭, 쉭.

어느새 달려온 질풍대원들의 검이 자신의 목에 겨눠졌기 때문이다.

챙. 챙. 챙.

결국 윤자명을 호위하던 철검대 또한 다급하게 검을 뽑아 들었다.

그렇게 되자 질풍대와 철검대가 서로 검을 겨누고 있는 상황이 객잔 안에 펼쳐졌다.

강일은 천천히 자리에서 일어나며 말했다.

"네놈이 누구든 상관없다. 내 눈엔 낄 자리도 구분 못하는 천둥벌거숭이로 보일 뿐."

"이익!"

윤자명은 그 말에 더욱 모욕감을 느꼈다. 그러나 움직일 수가 없었다. 섣불리 달려들었다간 부대주 서문엽의 검이 자신의 목을 잘라 버릴 것만 같았다.

이때 백리연이 윤자명을 불렀다.

"윤 소협."

윤자명은 화가 난 표정으로 백리연을 쳐다봤다.

그녀가 계속해서 말을 이었다.

"철검(鐵劍)으로는 질풍(疾風)을 어떻게 할 수 없잖아요. 이만 물러나시는 게 좋을 것 같네요."

그녀는 강일의 정체를 넌지시 알려주었다. 이제 남은 결정은 윤자명의 몫이었다. 싸우든지, 물러서든지.

'제길, 잘못 걸렸다.'

질풍대라는 백리연의 말에 윤자명의 이마에는 한 줄기 땀이 삐질 흘러내렸다.

그녀의 말처럼 질풍대는 철검대와는 급이 다른 단체였기 때문이다.

'제길.'

그는 머리를 굴렸다. 어차피 답은 물러나는 것밖에 없었지만 폼에 살고 폼에 죽는 자신이 이렇게 물러나기엔 자존심이 걸렸다.

더욱이 이 자리는 평소에 무시하던 백리세가의 여식이 있는 자리가 아닌가.

그렇다고 질풍대한테 감히 덤빌 수도 없었다. 결국은 물러나는 게 최선이었다. 지금은 자존심이 조금 상하지만 일단은 체면보다 목숨이 중요한 법이니까.

그러나 윤자명은 자존심을 굳이 굽히지 않아도 되었다.

끼이이익~

특유의 마찰음을 내며 풍운객잔의 문이 다시 한 번 열렸기 때문이다.

＊　　＊　　＊

십 년 전, 정마대전(正魔大戰)을 통해 세상에 그 이름을 떨친 인물은 여럿 된다. 원래 커다란 전쟁은 수많은 전설을 만들기 때문이다.

정파무림을 대표하는 절대사제(絶對四帝)와 천마성을 대표하는 절대십마(絶對十魔)가 그러한 예였다.

물론 악몽과도 같은 무위를 보였던 절대적인 마의 하늘, 천마(天魔)는 말할 것도 없다.

그러나 이 중에서 가장 강렬한 전설을 딱 하나만 꼽으라면 강호인은 누구 할 것 없이 이렇게 얘기할 것이다.

미친 바람은 적이 없고, 일도는 하늘을 진동시키네.

바로 광마도(狂魔刀) 유승(柳昇)에 대한 전설이었다. 그만큼 그의 무위가 강렬하게 강호인들의 기억에 남았기 때문이다.

일도(一刀)로 하늘을 진동시키는 사내, 가로막는 모든 존재를 멸(滅)하는 존재.

너무나도 순수한 그의 무력 앞에 십 년 전 강호는 숨을 죽였다. 정파의 그 누구도 그와 맞서려 하지 않았던 것이다. 그와 맞서는 순간이 곧 죽음이었기 때문에.

단 한 번 현 무림맹주인 창궁검제(蒼穹劍帝) 남궁혁(南宮赫)이 그와 맞서 동수(同數)를 이루었지만 엄밀히 말하면 패한 것이나 다름없었다.

위기의 순간에 염화도제(炎火刀帝) 담우철(覃羽喆)이 끼어들었기 때문이다.

즉, 광마도는 무림맹을 지탱하는 두 왕이 동시에 붙어야만 겨우 동수를 이룰 수 있는 실력자라는 것이다.

끼이이익~

특유의 마찰음을 내며 풍운객잔의 문이 열렸고, 곧이어 한 사내가 객잔 안으로 들어섰다.

"크크. 정파의 개들이 모였군."

그 말에 객잔 내에 모든 이들의 시선이 들어온 사내에게로 쏠렸다.

사내는 어깨에 커다란 도를 메고 있었다.

"음… 광풍무적……."

강일이 힘겹게 사내의 도에 새겨진 앞에 네 글자를 읽었다.

광마도(狂魔刀) 유승(柳昇).

그가 풍운객잔에 그 모습을 드러낸 것이다.

이에 순식간에 질풍대가 철검대를 향해 겨눴던 검을 유승에게로 옮겼다. 이는 철검대 또한 마찬가지였다. 어찌 됐든 광마도는 정파무림의 영원한 적(敵).

강력한 공공의 적 출현에 두 무력 단체는 단 한마디의 상의도 없이 협력해야만 했다.

그 덕분에 폭풍전야(暴風前夜)와도 같은 분위기가 풍운객잔에 연출되고 있었다.

그 모습을 보면서 유승이 스산하게 웃었다.

"크크크."

오싹.

그저 웃음일 뿐이다. 하지만 그 여파는 엄청났다. 객잔 안에 있는 모두가 등 뒤로 흐르는 식은땀을 느꼈던 것이다.

그러나 단 한 사람만은 제외였다.

'저자가 광마도……'

진백운은 유승의 얼굴을 쳐다봤다. 백리휘명의 원수, 강호에 잠원마공을 뿌리고 다니는 인물. 그의 머릿속에 연상되는 광마도는 그런 사람이었다.

'강하군.'

담백한 느낌이었다. 그의 무위가 느껴졌다. 비록 마공(魔功)이라고는 하지만 순수하리만치 깨끗한 강함이다.

극강(極剛). 광마도의 기세는 절대 부러지지 않는 강철과도 같았다.

폭풍전야(暴風前夜), 일촉즉발(一觸卽發). 객잔 안은 마치 조금이라도 손대면 터질 듯한 화약 같았다. 광마도와 객잔 안에 있는 정파 인물 모두가 대치 상태였다.

덜덜.

"아아……."

심청이 처음 느껴보는 무림인들의 막강한 기세에 몸을 덜덜 떨었다. 무공일식도 모르는 그녀에게는 너무 벅찬 기운이 객잔 내에 가득 찼던 까닭이다.

"괜찮으니, 걱정 말거라."

진백운이 그런 심청의 어깨에 손을 올리며 말했다.

순간, 심청은 자신의 가슴을 답답하게 만들던 기운이 순식간에 사라져 감을 느꼈다.

진백운이 보이지 않는 기막(氣幕)으로 그녀를 감싸주었기 때문이다.

"크크."

그 모습을 유승이 이채로운 눈빛으로 쳐다봤다. 물론 본신 내력을 모두 개방하지는 않았지만 자신의 존재 자체만으로도 견디기 힘들어야 정상인 까닭이다.

유승은 호기심 어린 표정으로 진백운에게 시선을 던졌다.

'호오?'

그러나 담담히 자신과 눈빛을 마주하는 녀석이다. 유승은 살짝 놀랍다는 표정을 지었다. 진백운의 눈빛에 한 치의 두려움도 없었기 때문이다.

그는 성큼성큼 진백운을 향해 걸어갔다.

챙!

"그만 멈추시오."

진백운은 가만히 있는데 강일이 자신의 검을 뽑아들며 유승을 향해 소리쳤다.

그러나 유승은 계속해서 앞으로 걸어갈 뿐이었다. 그러면서 나지막한 목소리로 강일을 향해 경고했다.

"애송이, 나서지 마라."

흠칫.

그 말에 강일의 몸이 살짝 떨렸다. 마인이 하는 모욕적인 말이지만 쉽게 움직일 수 없었다. 유승의 말을 듣자마자 그의 머릿속에는 순식간에 한 폭의 그림이 그려졌다.

객잔 전체가 피로 물드는 광경이.

자신의 심상(心狀)을 타인에게 그리게 하는 경지. 유승은 간단한 한마디로 이를 보여준 것이다.

그러는 사이 어느덧 유승의 발걸음이 진백운의 바로 앞에 다다랐다.

여전히 진백운은 유승과 눈을 마주하고 있었다.

"큭, 재밌군."

유승은 진백운의 눈을 통해 그가 허세 같은 걸 부리지는 않는다는 사실을 알 수 있었다. 그렇다면 결국 자신의 실력을 믿는다는 뜻.

유승의 중얼거림을 진백운이 받았다.

"뭐가 말이오?"

"크하하하."

자신의 존재에 겁을 먹는 건 고사하고 오히려 질문을 던지는 진백운에 태도에 유승이 앙천대소를 지었다.

정말이지 오랜만에 만나는 겁을 상실한 놈이었다. 그것도 고작 약관(약 20세)이나 됐을까 하는 놈이 말이다.

'이래서 젊음이 좋은 거지.'

유승은 진백운을 바라보며 속으로 생각했다. 젊기에 가능한 용기. 자신이 몸담은 천마성의 젊은 무인들에게서도 찾아보기 힘든 것이었다.

그는 기분이 좋아졌다. 비록 아무것도 모르는 놈일지라도 감히 자신의 기세 앞에서 당돌하게 행동한다는 건 가상한 일이었기 때문이다.

유승이 진백운을 향해 물었다.

"이름이 뭐냐."

"진백운이라 하오."

이름을 들은 그가 고개를 갸웃거리며 다시 진백운을 향해 질문했다.

"진백운? 진가(眞家)?"

"그렇소."

진백운이 고개를 끄덕이며 답했다.

'진가라…….'

유승은 속으로 생각하면서 천천히 진백운의 얼굴을 훑었다. 이름을 듣자마자 불현듯 머릿속에 떠오르는 사람이 있었던 까닭이다.

물론 세상에 진(眞)씨 성을 쓰는 사람은 많다. 그러나 천천히 살펴볼수록 풍기는 기세나 분위기가 매우 많이 닮은 듯 보였다.

"크크, 비슷하군."

끝도 없는 유승의 말에 진백운이 고개를 갸웃거렸다.

유승이 계속해서 말했다.

"뭐, 그렇다면 또 볼 수 있겠군."

그는 알 수 없는 말을 내뱉으며 등을 돌렸다.

여전히 객잔 내에 있는 모두가 유승을 향해 검을 들이민 채

경계를 취하고 있었다. 그러나 아무도 쉽게 그에게 달려들 수
는 없었다.

선공(先攻)을 하는 순간이 곧 죽음이란 걸 너무도 잘 알고
있었던 까닭이다.

"한 번은 봐주지."

유승은 객잔에 있는 모든 이들을 바라보며 마치 선심 쓰는
듯이 말했다.

'재밌는 걸 봤으니까.'

속으로 그렇게 생각한 그는 마지막으로 한 번 더 진백운의
얼굴을 쳐다보았다.

두 사내의 눈빛이 빠르게 얽혀 들었다.

"크크크."

여전히 담담한 진백운의 눈빛에 유승이 다시 한 번 웃음을
흘렸다.

이내 유승의 발걸음이 다시 객잔의 문으로 향했다. 아무래
도 그냥 발걸음을 돌리는 듯 보였다.

─대주, 어떻게 할까요? 공격할까요?

그 모습을 보면서 질풍대의 부대주 서문엽이 빠르게 강일
에게로 전음을 날렸다.

광마도 유승은 무림맹의 숙적 중에 한 명이다. 이렇게 그냥
보고만 있어도 되는 것인지를 묻는 질문이었다.

─불가(不可).

하지만 강일의 답은 단정적이었다.

천하의 광마도이다. 아무리 질풍대가 무림을 질타하고 있다지만 유승은 벅찬 게 사실이다. 정의를 수호하는 입장에서 그를 이렇게 보내야 한다는 사실이 안타깝긴 하지만 어쩔 수 없는 일이었다.

'그래도 확인은 해야지.'

비록 갑작스런 광마도의 등장에 아무것도 할 수 없었지만 강일은 자신의 역할을 잊지 않고 있었다.

그는 유승을 향해 질문을 던졌다.

"하나만 묻겠소."

"……?"

그 물음에 유승이 고개를 돌려 강일을 바라봤다.

강일이 계속해서 말을 이었다.

"청운대회를 노리는 것이오?"

곧 다가올 청운대회다. 또한 광마도의 발걸음이 이곳에 머물렀다는 사실로 미루어보아 아무래도 그 목적지는 대회가 열리는 낙양(洛陽)인 것 같았다. 만약 천마성이 대회에 맞춰 무슨 계략을 꾸미고 있다면 이 사실을 무림맹에 한시라도 빨리 알려야만 했던 것이다.

"큭."

강일의 질문에 유승은 짧게 웃음을 흘렸다.

그리고 이내 말을 이었다.

"걱정 마라. 대회는 아니니까."

끼익.

그렇게 의미심장한 말을 강일에게 던진 유승은 곧이어 객잔 밖으로 발걸음을 옮겼다.

'대회는 아니다……?'

유승이 밖으로 나가고도 강일은 계속해서 그가 남긴 마지막 말을 머릿속에 곱씹었다.

그러나 아무리 생각해도 천마성(天魔城)이 무슨 생각을 하고 있는 것인지 알 수는 없었다.

우르르 쾅쾅.

창밖을 바라보니 쏟아지는 빗줄기에 맞춰 한 줄기의 섬광(閃光)이 내려치고 있었다.

*　　　*　　　*

광풍(狂風)이 잠시 머물다 간 풍운객잔은 더 이상 술을 마실 만한 분위기가 아니었다.

광마도 유승이 떠난 지 어느 정도의 시간이 흐르고 강일 또한 백리연 일행들을 향해 작별을 고했다.

"아무래도 맹(盟)으로 급히 복귀해야 할 듯싶소."

한시라도 빨리 무림맹에 광마도의 출현을 알려야만 할 것 같았다. 본인은 아니라고 했지만 혹시 모르는 일이었기 때문이다.

특히, 청운대회는 무림의 젊은 무인들이 한자리에 모이는 대축제. 그곳에 천마성이 순식간에 들이닥치기라도 한다면 그 피해는 무지막지할 것이다. 어쩌면 대량의 학살극이 그곳에 펼쳐질지도 모르는 일이었다.

강일의 반응으로 사태가 심각하다는 사실을 깨달은 일행들이 고개를 끄덕였다.

백리연이 걱정스런 음성으로 말했다.

"그런데 가는 길에 광마도랑 마주치면 어떡하시려고요?"

무슨 이유인지 모르겠지만 광마도는 진백운을 보고는 갑자기 발걸음을 돌렸다.

그러나 길목에서 마주친다면 또 어떻게 될지 모르는 일이었다. 무엇보다 광마도의 목적지가 정말로 낙양이라면 가는 길에 무조건 만나게 될 것이기 때문이다.

"산을 넘어서 갈 생각입니다."

광마도와 웬만하면 마주치고 싶지 않은 강일의 대답이었다. 그는 경공을 펼쳐 최대한 빨리 무림맹에 이를 생각이었던 것이다.

"음, 아무래도 같이 가는 게 좋겠군."

무진이 자리에서 일어나며 말했다. 비록 백리연 일행들과 함께 온 그였지만 광마도의 출현을 목격한 시점에서 질풍대의 안위가 더 걱정되었기 때문이다.

"그래주면 고맙네."

강일이 솔직하게 무진을 향해 고마움을 표시했다.

다른 이도 아닌 운중복검의 합류이다. 든든해도 이렇게 든든할 수가 없었다. 문제는 상대가 광마도일지도 모른다는 것이지만. 어찌 됐든 고마운 일이었다.

"소저, 미안하오."

무진은 먼저 출발하는 것에 대해서 백리연에게 미안함을 나타냈다.

백리연이 손사래를 치며 말했다.

"아니에요, 무림을 위한 일인데요."

든든한 일행을 떠나보내야 한다는 사실이 아쉽긴 했지만 그녀 또한 무엇이 더 중요한지를 알고 있었다.

지금은 광마도의 출현을 무림맹에 알리는 일이 제일 중요해 보였던 것이다.

"그럼."

"낙양에서 봅시다."

강일과 무진이 고개를 숙여 일행들에게 인사를 하고 자리를 떠났다.

그와 함께 객잔에 있던 모든 질풍대원들이 강일의 뒤를 따랐다.

질풍대 전원이 객잔을 나서자 백리연이 일행들을 향해 말했다.

“우리도 이만 올라가죠.”

이미 술맛은 저 멀리 달아난 상태였다.

그녀의 말에 모두가 고개를 끄덕이며 방이 있는 위층으로 올라갔다. 일단 해가 뜨면 다음 일정을 생각해 보는 게 나을 것 같았기 때문이다.

“…….”

그렇게 사람들이 순식간에 한 명씩 빠져나가자 객잔 1층에는 윤자명과 그를 호위하는 철검대만 남았다.

윤자명이 철검대원 중 한 명을 붙잡고 조심스레 물었다.

“나 완전 새 됐지?”

“…….”

대원의 고개가 천천히 끄덕여졌다.

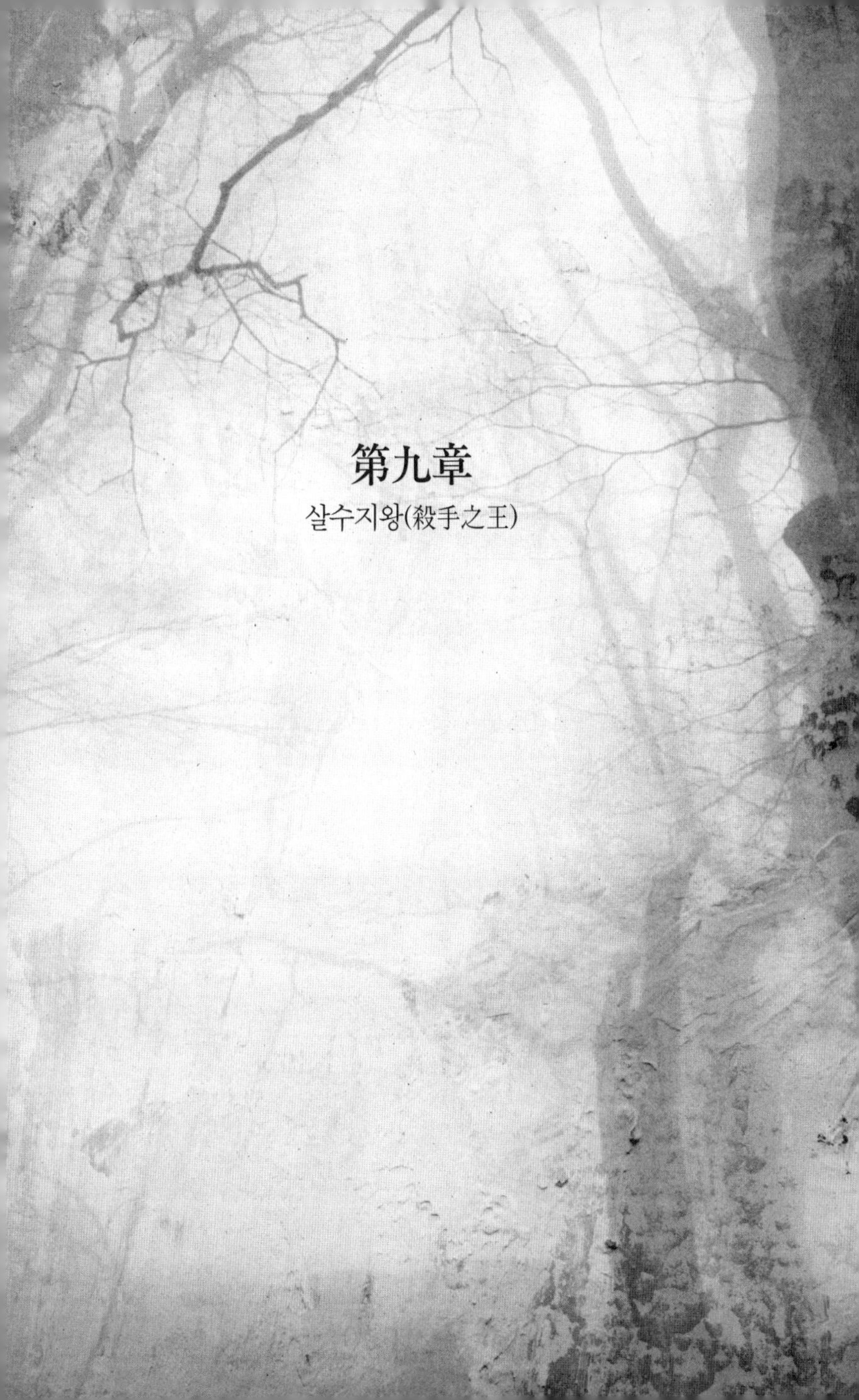

第九章
살수지왕(殺手之王)

닮은 사람은 세상에 많다. 친구끼리도 닮을 수 있고, 지나가는 행인끼리도 얼마든지 서로 닮을 수 있다.

그러나 그것은 얼핏 그래 보일 뿐이다. 서로가 닮기 위해서는 반드시 필요한 게 하나 있다.

피(血). 그 한 가지는 바로 몸속을 타고 흐르는 피였다.

같은 피를 공유한 부모형제끼리는 닮고 싶지 않아도 닮을 수밖에 없는 게 세상의 이치이기 때문이다.

"진가라……."

천천히 발걸음을 옮기며 유승은 혼자 중얼거렸다. 닮아도 너무 닮았다. 십 년 전의 그 사내와. 거기다 성(性)조차 같질 않은가.

'재밌군.'

그는 속으로 운명이란 참 얄궂다는 생각을 해보았다. 십 년이다. 무려 십 년 동안이나 어둠 속에서 홀로 부활을 준비해온 천마(天魔)이다.

그런데 진가(眞家) 또한 십 년 만에 모습을 드러냈다. 물론 똑같은 성을 가진 놈일지도 모른다. 그러나 만약 확실하다면 이 얼마나 운명의 장난이란 말인가.

유승은 하늘을 올려보았다.

천망회회(天網恢恢) 소이불루(疎而不漏)라 했던가. 정말로 하늘의 그물은 넓고도 넓어서 무엇 하나 새지 않고 있었다.

그 긴 십 년이란 세월을 두고도 말이다.

'허나……'

아직은 어리다. 나이도 무공도 어리디어린 놈이다. 이제 곧 부활할 천마는 고사하고 자신을 포함한 절대십마의 상대나 될는지 의심스러운 상황이다.

'올라오길 바란다, 애송이.'

강자(强者)와의 대결은 언제나 피가 끓는 법.

유승은 객잔에서 본 애송이를 생각하며 기대감을 가졌다. 마공을 익힌 탓에 천마와는 싸울 수 없다. 천마신공(天魔神功)

은 모든 마(魔)의 근원이었던 까닭이다.

그렇기에 그는 언제나 그에 맞는 적수를 갈망했다. 그가 희망하는 건 뜨거운 피보다 더 열정적인 생사결(生死結)이었다.

그리고 오늘 그는 그 가능성을 객잔에서 보았던 것이다. 무엇보다 진가의 피를 이었다면 충분히 이뤄질 성싶었다.

"따르지 말라 하였다."

돌연 발걸음을 멈춘 그가 아무것도 없는 어둠을 향해 소리쳤다.

샤아악.

더 놀라운 건 어둠 속에서 하얀 가면을 쓴 인영이 솟아올랐다는 것이다.

하얀 가면을 쓴 사내가 부복하며 그에게 말했다.

"성(城)의 명(命)입니다."

이에 유승이 말했다.

"천마께서 내린 명(命)은 아닐 테지."

즉, 자신의 위에는 오로지 천마뿐임을 나타내는 말이었다.

또한 그 말은 아무리 한솥밥을 먹고 있다 할지라도 현재 천마성에는 그에게 명령을 내릴 존재는 없다는 뜻이었다.

"군사(軍士)께서 행적을 놓치지 말라 하셨습니다."

"큭."

사내의 말에 유승은 피식 웃었다.

그가 계속해서 말했다.

"감히 적우 따위가 말이냐?"

유승의 음성에는 경멸감이 섞여 있었다.

적우군사(赤羽軍士). 천마성의 머리 역할을 하는 절대십마의 일인. 그는 특이하게도 빨간 깃털이 달린 부채를 무기로 하였기에 별호에 적우(赤羽)라는 두 글자가 붙었다.

아무튼 유승이 성에서 가장 싫어하는 인물이 바로 적우군사였다. 순수한 무(武)를 추구하는 그의 입장에서는 자신의 권력을 확보하기 위해 간계(奸計)나 일삼는 적우군사의 일거수일투족이 거슬렸던 것이다.

지금 자신의 앞에 부복해 있는 사내도 그런 군사의 개 중 한 마리일 뿐이다.

백면귀(白面鬼). 천마성이 자랑하는 살수 단체. 실패를 모르는 이 살인귀들조차 유승의 눈에는 권력에 꼬리나 흔드는 개일 뿐이었다.

유승이 사내를 향해 말했다.

"마지막 경고다, 사라져라."

그래도 같은 아군(我軍)인지라 유승은 사내에게 마지막 기회를 주었다.

그러나 사내는 역시나 적우군사의 충실한 개였다.

그는 고개를 더 깊숙이 숙이며 말했다.

"저희는 성의 명에만 따릅니다."

말은 성의 명령이라지만, 그것이 적우군사의 명령이라는 사실은 충분히 알 수 있었다.

그리고 사내의 이런 태도는 유승을 더욱 화나게 만들었다.

"큭."

사내의 대답에 유승은 웃음을 흘렸다. 그리고는 이내 자신의 도를 들어 올리며 말했다.

"죽음을 원하나 보군."

"영광일 뿐입니다."

사내는 덤덤하게 유승의 말에 대답했다. 그의 말은 거짓이 아니었다. 천마성의 전설, 광마도 손에 죽을 수 있다면 그것만으로도 영광이었기 때문이다.

"……."

유승은 잠시 사내를 바라봤다.

'백면귀라…….'

그저 목을 내놓고 죽음을 기다리는 이 사내는 천마성이 자랑하는 살수 집단에 소속된 자였다.

"크크."

한차례 웃음을 흘린 유승은 예의 그 커다란 도를 다시 어깨
에 둘러멨다.

"……?"

금방이라도 죽을 줄 알았던 사내가 의문스런 눈빛으로 살
짝 유승을 올려봤다.

그런 사내를 바라보며 유승이 말했다.

"자격이 있다면 허락한다."

"?"

유승의 말에 사내의 눈빛이 빛났다.

휘하단체인 광풍마혈단(狂風魔血團)도 놔두고 홀로 강호를
종횡하는 광마도다. 그렇기에 그의 뒤를 따르는 건 이례적이
었다.

적우군사가 자신을 보낸 이유도 은밀하기로는 성내에서
백면귀가 제일이기 때문이지 않는가.

그런데도 불구하고 유승은 그의 존재를 눈치챘다. 그렇다
면 남은 건 죽음뿐.

이것이 당연한 수순이다. 그런데 지금 유승은 자신에게 제
안을 하고 있는 것이다. 천하의 광마도가 말이다.

사내가 유승을 향해 물었다.

"그것이 무엇입니까?"

분명 쉬운 일은 아닐 것 같았다. 유승이 자신의 뒤를 허락

하는 제안이다.

그러나 이렇게 죽는 것보다는 유승이 제안한 일을 행하는 편이 천배는 더 나은 일이었다.

유승이 지나온 길을 향해 손가락을 가리켰다.

그리고 이내 말을 이었다.

"풍운객잔을 지도에서 지워라."

"!"

그의 말에 사내는 살짝 놀란 눈빛을 보였다. 생각보다 쉬운 임무를 자신에게 주었던 것이다.

이미 객잔에서 승천칠성의 인물들이 나가고 산을 타는 모습까지 모두 지켜보고 유승의 뒤를 따른 상태였다.

너무 쉬운 임무로 인해 당황하는 그에게 유승이 말했다.

"대답이 없군."

이에 사내는 재빨리 고개를 숙이며 그의 명을 받았다.

"존명(尊命)!"

샤아악.

곧이어 사내의 모습이 어둠에 서서히 녹아들기 시작했다. 기가 막힌 은신술(隱身術)이었다.

사내가 사라지자 유승은 다시 발걸음을 옮기기 시작했다.

사내는 백면귀이다. 어차피 임무를 완수하면 곧 따라붙을 것이었다.

"그놈이 아니라면 말이지……."

유숭은 잠시 뒷말을 흘렸다.

오히려 백면귀가 자신을 따라붙은 건 잘된 일이었다. 그를 통해서 애송이의 정체를 확실히 판단할 수 있으니 말이다.

백면귀는 천마성이 자랑하는 살수 집단. 사내는 그곳에 소속된 살수이다. 만약 사내가 돌아오지 않는다면 천하의 백면귀가 당했다는 뜻. 그렇게 되면 녀석의 정체는 분명해질 것이다.

그는 스산한 미소를 지으며 다음 말을 이었다.

"천살(天殺)이 말이야. *크크크.*"

*　　　*　　　*

침어낙안(侵魚落雁).

물고기는 물속으로 가라앉고, 기러기는 땅 밑으로 떨어지네.

폐월수화(閉月羞花).

달은 구름 뒤로 얼굴을 가리고, 꽃은 스스로 부끄러워하노라.

전설의 4대 미인을 가리키는 이 말이 백리휘명의 머릿속을 불현듯 스치고 지나갔다.

그의 머릿속에 갑자기 이 말이 떠오른 것은 다름이 아니었다.

그 이유는 바로 맞은편에서 다소곳이 다도(茶道)를 즐기고 있는 화영 때문이었다.

아무리 한 가정을 이루고 있는 가장(家長)이라지만 백리휘명 역시 순수한 아름다움에는 감탄할 뿐이었다.

탁.

"큼큼."

화영이 찻잔을 내려놓는 소리에 찔리는지 그는 괜히 헛기침을 내뱉었다.

사실 따지고 보면 잘못은 화영이 너무 아름답다는 사실에 있는데도 말이다.

찻잔을 내려놓은 화영이 싱긋 웃으며 말했다.

"가주님."

"네? 어어, 응?"

갑작스런 그녀의 부름에 존댓말부터 튀어나온 백리휘명이 서둘러 말을 고쳐 대답했다.

화영이 말을 이었다.

“궁금하지 않으세요?”

그 말에 백리휘명이 고개를 갸우뚱거리며 물었다.

“뭐가 말인가?”

“저랑 백운이 말이에요. 어떻게 하오문주랑 천살문주가 서로 알고 있는지 궁금하지 않으세요?”

“음.”

백리휘명은 가만히 고개를 끄덕였다. 전부터 궁금했던 사실이지만 굳이 질문하지 않았던 것이다.

그런데 막상 화영이 먼저 말을 꺼내니 다시 궁금해지기 시작했다.

“비밀 아닌가?”

백리휘명이 조심스럽게 물었다.

이에 화영이 웃으며 말했다.

“어차피 백운이 정체도 아시잖아요.”

“그건… 그렇지.”

“그리고 가주님은 입도 무거우시잖아요.”

그러면서 다시 싱긋 웃는 화영이다.

백리휘명은 그 모습에 홀린 듯 고개를 끄덕였다. 확실히 가진 얼굴만으로도 힘을 발휘하는 화영의 미모(美貌)였다.

“가르쳐 줄 수 있겠나?”

그가 화영을 향해 물었다. 내심 그도 하오문이랑 천살문의 관계를 알고 싶었기 때문이다.

"뭐, 별건 아니에요. 원래 천살문의 시작이 하오문이라는 거죠."

백리휘명이 그 말에 이채를 띠었다.

"그럼 천하제일 살수가 하오문 소속이었다는 말인가?"

"그렇죠. 어딜 가나 천재가 꼭 한 명씩 있잖아요. 초대 천살문주가 그랬거든요."

백리휘명이 고개를 끄덕였다. 천재(天才)는 시대마다 존재했고 그런 천재들에 의해서 만들어지는 게 무공(武功)과 문파(門派)였다.

그리고 그런 이들을 일컬어 무림에서는 일대종사(一代宗師)라는 칭호를 붙였다.

아마 초대 천살문주도 소림의 달마(達磨)나 무당의 장삼풍(張三豐) 같은 희대의 천재였을 것이다.

의구심이 든 백리휘명이 그녀를 향해 물었다.

"그런데 왜 지금은 서로 다른 단체가 된 건가?"

"하오문이 품기에는 너무 큰 존재니까요."

"하기사……."

너무 빠른 대답에 그는 다시 고개를 끄덕였다. 뭔가 특별한 이유가 있을 줄 알았는데 자신도 예상할 수 있는 대답이었던 것이다.

화영이 계속해서 말했다.

"이상하지 않아요? 천살문의 뒤처리는 항상 저희 하오문이 하거든요. 의뢰도 저희가 다 받아주고요. 남는 것도 없는데 왜 그럴까요?"

"그러게, 왜 그런가?"

이미 품을 떠난 천살문이다.

화영의 말을 듣고 보니 하오문이 천살문에 그렇게 지극정성일 필요는 없었다.

백리휘명의 질문에 화영이 미소를 지으며 대답했다.

"초대 천살문주께서 약조를 했거든요."

이에 백리휘명이 화영을 바라봤다. 무슨 약조인지 궁금했기 때문이다.

그가 물었다.

"그 약조가 뭔가?"

화영이 답했다.

"하오문주는 단 한 번 청부를 할 수 있어요……."

잠시 말을 끊은 그녀가 이어 말했다.

"명분이 없어도 말이죠."

"!"

그 말에 백리휘명이 놀랍다는 표정을 지었다.

진백운의 아버지인 진천강에게 듣기로 명분 없이는 절대

살행에 나서지 않는다는 천살이었다. 또한, 그동안 천살의 행적을 살펴보면 결코 명분 없이 사람을 죽인 이력이 없었던 것이다.

"놀랍죠?"

천진난만한 표정을 지어 보이며 그녀가 말했다.

백리휘명은 오늘 여러 번 고개를 끄덕인단 생각을 잠시 해 보았다. 그러나 놀라운 건 놀라운 것이기에 그는 또 한 번 고개를 끄덕일 수밖에 없었다.

"그리고 저는 아직 청부를 안 썼어요."

"……."

이 말이 사실이라면 화영이야말로 엄청난 패를 가지고 있는 셈이었다.

천하제일 살수를 움직일 수 있는.

"그런데 갑자기 이 얘기는 왜 하나?"

대화를 나누면서 백리휘명은 갑자기 의구심이 들었다. 화영의 입에서 나온 말은 놀라운 사실이긴 하지만 조금 뜬금없었다. 굳이 이 얘기를 할 필요가 없었던 것이다.

"그냥요, 심심하잖아요."

"……."

그녀는 말을 하면서 혀를 쏙 내밀어 보였다. 물론 그 모습이 깨물어주고 싶을 만큼 귀엽다는 건 두말하면 잔소리였다.

그러나 화영은 머릿속으로 다른 계산을 하고 있었다. 그것은 백리휘명과 함께 잠원마공을 연구하면서 떠오른 생각이었다. 하오문에 막강한 부와 명예를 얻어다줄 야심찬 계획.

잠원마공은 무서운 마공이었다. 사람을 살아 있는 강시로 만들어줄 수 있는 희대의 마공. 분명 이 마공으로 인하여 무림에는 또다시 한차례의 피바람이 불어올 것이다.

더욱이 마공을 유포하는 이들이 천마성이라면 거의 확실하다고 보면 되었다.

'기회는 그때야.'

그녀는 속으로 그렇게 생각하면서 눈을 빛냈다. 만약 그녀의 계산대로 조만간 천마성이 움직인다면 그때를 잘 이용해야 한다. 바로 그때가 하오문이 비상(飛上)할 수 있는 때인 까닭이다.

그녀가 속으로 그렇게 계산을 돌리고 있을 때, 백리휘명이 한숨을 쉬며 말을 꺼냈다.

"휴우……. 그나저나 걱정이네, 잘 가고 있는 건지."

잠시 생각을 털어낸 화영이 그런 백리휘명을 향해 웃으며 말했다.

"운이가 같이 갔잖아요, 걱정 마세요."

그러나 백리휘명은 고개를 저으며 말했다.

"그래도 혹시 모르지 않나. 부모 마음이란 게 다 그런 거네."

물론 자신도 진백운의 실력을 믿는다. 하지만 진백운은 아비인 진천강이 아니었다. 막연히 강할 것이란 생각은 들었지만 아직 나이가 너무 어렸던 까닭이다.

사실 그런 이유가 아니어도 딸을 가진 아비의 마음은 걱정투성이었다.

화영은 그런 백리휘명을 보며 미소 지었다. 딸을 걱정하는 아버지의 마음이 느껴졌기 때문이다.

"너무 걱정 마세요."

'운이의 실력은 생각보다 더 뛰어나거든요.'

그녀는 속의 말을 내뱉지 않았다.

어렸을 때부터 줄곧 봐왔던 진백운이다. 다른 건 몰라도 이거 하나는 확신할 수 있었다.

낮이면 몰라도 어둠이 내려앉은 암흑(暗黑) 속에서는 천살(天殺)이 제왕(帝王)이라는 사실을 말이다.

＊　　　＊　　　＊

하늘에 떠 있는 달조차 몸을 가린 어두운 밤.

십칠호(十七號)는 칠흑 같은 어둠 속에 몸을 숨긴 채 정면에 보이는 객잔을 응시하고 있었다.

그에게는 따로 이름이 없었다. 다만 성(城)에서, 그리고 강호(江湖)는 자신처럼 하얀 가면을 쓴 자들을 백면귀(白面鬼)라 부를 뿐이었다.

이름은 없었지만 번호는 있었다. 그리고 십칠호라는 그의 번호는 백 명의 백면귀들 중에서 열일곱 번째로 강하다는 의미를 가지고 있었다.

'너무 쉬운데?

객잔을 바라보며 십칠호는 속으로 생각했다. 광마도 유승은 자신에게 객잔을 지도에서 지우라는 임무를 내렸다. 그것은 자격을 묻는 시험이었고, 생각보다 시험 문제는 너무 쉬운 편이었다.

이미 그는 객잔을 한 바퀴 돌고 온 상태였다. 객잔 주변 지리와 객잔의 구조, 안에 머무는 무림인의 숫자 등등 살펴야 할 모든 것을 마쳤다.

이를 가능하게 했던 건 백면귀들만 익힌다는 환영미종보(幻影迷踪步) 덕분이었다. 그 종적을 남기지 않는다는 미종보(迷踪步)는 한때 강호를 풍미했던 신투(神偸)의 독문경공술이었다.

그리고 신투가 천마성에 붙잡혀 목숨을 구걸하기 위해 자신의 경공을 팔았다는 사실은 아무도 모르는 비밀이었다.

천마성은 이 경공을 토대로 백면귀라는 단체를 만들어 익히게 하였고, 그것이 오늘날, 하얀 가면을 쓴 귀신들의 모태가 되었던 것이다.

어쨌든 지금 십칠호는 그런 환영미종보에 힘입어 객잔을 지도에서 지울 모든 준비를 마쳤다.

이제 서서히 움직이면서 객잔 내에 머물고 있는 모든 무림인의 목을 따는 일만 남았다.

'빨리 처리하고, 따라가야겠다.'

그는 일을 서두르기로 결심했다.

광마도 유승은 워낙 바람 같은 사내다. 그런 사내가 자신이 일을 마칠 때까지 기다려 줄 일은 절대 없었다.

지금도 부지런히 어딘가로 그 발걸음을 옮기고 있을 게 불보듯 빤한 일이었다.

자신이 모시는 적우군사의 명에 따르려면 한시라도 빨리 이 시험을 통과하고 유승의 행적을 쫓아야만 했다.

그렇게 생각을 정리하자 한차례 그의 눈빛이 번쩍였다.

샤아악.

그와 함께 그의 몸이 다시 어둠 속으로 동화(同化)되기 시작했다.

살행에 소요되는 시간은 대략 일각(약 15분). 천마성이 자

랑하는 백면귀인 그에게 이 정도는 누워서 떡 먹기보다 쉬운
일이었다.

곧이어 무음(無音)의 경지에 이른 그의 발걸음이 서서히 풍
운객잔을 향해 움직이기 시작했다.

*　　　*　　　*

이 세상 모든 직종에 종사하는 사람들을 찾아가 가장 거슬
리는 인물을 하나만 꼽아 보라는 질문을 던지면 아마도 이런
답이 튀어 나올 것이다.

같은 직업에 종사하는 사람.

대대로 살수를 가업(家業)으로 잇고 사는 진백운도 이와 마
찬가지였다.

"거참. 거슬리네, 정말."

침상에서 몸을 일으킨 진백운이 돌연 투덜대기 시작했
다.

원래 고함 소리보다 귀 바로 옆에서 웽웽거리는 모기 소리
가 더 시끄러운 법이었다.

그리고 지금 진백운에게는 어둠을 틈타 찾아오는 손님이
딱 그런 꼴이었다.

그의 발걸음은 대지가 울리는 듯 요란스러웠다. 그리고 그

의 숨소리는 천둥소리보다 더 크게 들려왔다.

물론 진백운에게만 그렇다는 것이다.

이런 현상은 살수무공이 극(極)에 이른 진백운이기에 가능한 일이었다.

실제로 조문은 그의 옆 침상에서 곯아떨어진 채 숙면을 취하고 있었다.

"아, 귀찮은데……."

진백운이 연신 투덜댔다.

정말이지 오늘 하루 다양한 일을 겪었던 까닭이다. 산적들부터 시작해서 광마도까지, 무엇 하나 평범한 게 없었다.

그는 야밤에 찾아온 손님을 마중하러 갈지 말지에 대해서 심각하게 고민했다.

그러나 답은 이미 정해져 있었다.

백리연과 심청이 묵고 있는 방은 여기서 조금 떨어진 곳이었기 때문이다.

가만히 놔두면 무슨 사단이 일어날지 모르는 일이기 때문에 결국 그는 손님을 맞이하러 나가야만 했다.

진백운이 중얼거렸다.

"진짜 이럴 때면 확 죽여 버리고 싶다니까."

명분이 없으면 죽이지 않는다. 초대 천살문주가 만든 이 원칙이 매번 그의 발목을 잡았다.

세상에는 참 죽여 버리고 싶은 놈들이 많았지만 명분은 언제나 모자란 감이 있었다.

더군다나 지금 이 상황은 자신의 잠을 방해했다는 명분밖에는 없지 않은가.

물론 이 손님이 객잔에 머무는 사람들을 죽이면 명분은 충분하게 생긴다. 문제는 그 다음 원칙이 발목을 잡는다는 사실이었다.

살행은 청부로만 이뤄진다.

즉, 청부가 없으면 사사로이 상대를 죽여선 안 된다는 원칙이다.

결국 이 손님이 사람들을 죽여도 객잔 내에 청부할 사람이 없다면 죽일 수 없다는 말이다.

"이거 확 바꿔 버릴 수도 없고……."

그는 신경질적으로 자신의 머리를 긁었다. 워낙 개똥같은 원칙이긴 하지만 조상 대대로 지켜져 온 신성한 원칙이기도 했던 까닭이다.

결국 이러나저러나 직접 나가서 손님을 교육시키고 돌려보내는 수밖에 없었다.

"대신 내가 오늘 확실히 교육시켜 주지."

진백운은 그 말을 마지막으로 자리에서 일어났다. 그리고 옆에 놓아둔 자신의 검을 집어 들었다.

스스스.

이내 그의 신형이 있던 자리에서 서서히 사라지기 시작했
다.

＊　　　＊　　　＊

풍운객잔 안으로 들어선 십칠호는 2층으로 올라왔다. 그리
고 첫 번째 방으로 아무런 소리도 없이 들어갔다. 그에게서는
기세조차도 느껴지지 않았다.

자신을 완벽히 감추는 것이야말로 모든 살행(殺行)의 기본
이었기 때문이다.

첫 번째 방에는 젊은 무인 한 놈이 곯아떨어져 있었다.

그때였다. 갑자기 자고 있던 놈이 소리를 질렀다.

"이 몸이 바로……!"

흠칫.

'설마 들킨 것인가?

이에 십칠호는 어둠 속에서 살짝 긴장된 눈빛을 보였다. 그
러나 이내 고개를 저었다. 환영미종보는 단 한 번도 실패한
적이 없었기 때문이다.

그는 잠시 침대에 누워 있는 젊은 무인을 지켜봤다.

그러자 다시 한 번 녀석이 허공을 향해 두 손을 번쩍 들면서 외치기 시작했다.

"선……풍…철검…이시다아아… 음냐냐."

쿨쿨쿨.

그 한마디를 마지막으로 젊은 무인 놈은 다시 깊은 잠에 빠졌는지 코를 골기 시작했다.

'훗. 잠버릇이 요란한 놈이로군.'

십칠호는 긴장했던 마음을 풀었다. 선풍철검이 뭔지는 모르겠지만 이깟 애송이한테 잠시나마 긴장했다는 사실이 수치스러울 뿐이었다.

그는 이 수치스러운 기억을 혼자만 가지기로 마음먹었다.

어차피 증인은 없을 것이다. 죽은 놈은 말이 없는 게 세상의 이치였다.

그는 서서히 다다가 자고 있는 놈의 목에 비수를 겨눴다. 조금 후면 동맥(動脈)이 단번에 잘려 비명조차 못 지르고 이 청년은 죽음에 이를 것이었다.

―늦게 올 걸 그랬다. 그놈은 죽어도 싼데…….

흠칫.

갑자기 귓가에 울리는 전음(轉音)에 십칠호는 잘게 몸을 떨었다.

그는 빠르게 사방(四方)을 경계했지만 보이는 건 아무것도 없었다.

'고수(高手)!'

샤아악.

아직도 꿈나라 중인 젊은 무인에게서 급하게 비수를 뗀 십칠호가 빠르게 몸을 숨겼다. 의문의 고수가 출현했기 때문이다.

그렇게 십칠호까지 몸을 숨기자 방 안에는 놓여 있는 가구들과 함께 코를 골며 곯아떨어진 젊은 무인의 모습밖에는 아무것도 보이지 않게 되었다.

'먼저 찾아야만 한다.'

서로가 몸을 숨기고 있는 상황에서는 먼저 발견하는 쪽이 승자(勝者)였다.

십칠호는 어둠에 몸을 숨긴 채 부지런히 정체 모를 방문자의 모습을 찾았다. 천마성이 자랑하는 백면귀에서도 서열 십칠 위인 그였다. 이러한 어둠 속의 전쟁은 뼈에 박히는 훈련으로 통달한 지 이미 오래다.

그러나 십칠호의 자신감은 빠른 속도로 사라지기 시작했다. 도무지 적의 기세가 그 어디에서도 느껴지지 않았던 것이다.

'경고만 하고 사라진 건가?'

한참을 찾아도 나타나지 않는 의문의 적에 대해 십칠호는 그렇게 속으로 생각했다.

그러나 또다시 들리는 상대의 전음으로 인해 그것이 혼자만의 착각이었다는 사실을 알 수 있었다.

─숨지 마, 다 보여.

"……."

설마하니 상대가 자신의 환영미종보까지 꿰뚫어볼 줄 몰랐던 십칠호는 그 자리에 잠시 멈춰 섰다.

종적조차 남기지 않는다는 환영미종보다. 더욱이 자신은 살수로서는 천하제일을 자랑한다는 백면귀에 소속된 자였다.

그런데 어떻게 어둠 속에서 자신을 능가하는 상대가 존재할 수 있다는 말일까.

물론 성에 있는 절대십마나 무림맹의 절대사제 정도 되는 실력이라면 환영미종보나 살수무공을 통해 죽이는 것이 불가능하다.

그리고 그건 확연한 무공의 실력 차 때문이지, 그들의 은신술(隱身術)이 더 높다는 말은 아니었다.

그러나 지금 이 의문의 고수는 자신을 능가하는 은신술을 갖추고 있다.

전음을 들어도 도저히 상대의 위치를 파악할 수 없었던 것이다.

‘육합전성(六合傳聲)인가?’

십칠호는 막대한 내공이 있어야만 가능하다는 육합전성을 떠올려 보았다. 그러나 이내 고개를 내저었다.

육합전성은 소리가 사방에 울리며 시전자의 소재를 숨기는 전음의 일종이다. 그런데 지금 들리고 있는 이 전음은 소리가 사방에서 울리지 않고 있었다. 또렷이 자신에게로 전해지는 전음.

그러나 그 방향에서 들려오는 전음을 토대로 상대의 기척을 면밀히 감지해 봤지만 아무것도 느껴지지 않았다.

―뭘 그렇게 찾아?

‘귀, 귀신인가?’

다시 들려오는 전음에 십칠호는 백면귀인 자신이 진짜 귀신을 상대하고 있다는 느낌을 받았다. 그러자 일단 몸을 빼는 게 좋겠다는 생각이 들었다.

역시 유승의 시험 문제는 그가 풀 수 있는 문제가 아니었던 것이다. 차라리 다시 돌아가 천마성의 전설이라는 그에게 죽는 게 훨씬 나을 것 같았다. 적어도 누구에게 죽는지는 확실히 알 수 있으니 말이다.

샤아악.

그렇게 생각을 정리한 십칠호는 빠르게 환영미종보를 이

용하며 풍운객잔 밖으로 몸을 날렸다.

*　　　*　　　*

얼마나 시간이 흘렀을까?

풍운객잔을 나온 십칠호는 빠르게 달려 이내 마을까지도 벗어난 상태였다.

"헉헉!"

그는 빠르게 숨을 몰아쉬었다.

천마성에 몸을 담은 이후로 이렇게까지 죽을힘을 다해 뛰어본 경험은 저 하늘에 맹세코 단 한 번도 없는 일이었다.

"귀신같은 놈이었다."

어느 정도 마음의 안정이 찾아오자 그는 좀 전의 일을 회상하며 혼자 중얼거렸다.

"끝났군, 내 인생도."

이제 남은 일은 유승의 행적을 쫓는 일이었다. 그리고 그의 일도(一刀)에 영광스런 죽음을 맞이하는 일뿐.

아무리 생각해도 그게 가장 현명한 판단으로 보였다.

그것이 저 객잔에서 사람인지 귀신인지 정체도 알 수 없는 놈한테 죽는 것보다 나았고, 주군으로 모시는 적우군사(赤羽

軍士)의 명을 수행하지 못하고 죽는 것보다 백만 배는 나았으니까.

적어도 유승에게 죽는다면 명을 수행하다가 죽는 게 아닌가. 그렇게 되면 성(城)에 남은 가족들에게는 아무런 피해가 가지 않을 것이었다.

그렇게 생각한 십칠호는 유승과 대화를 나눴던 곳으로 천천히 발걸음을 옮겼다.

그때, 한쪽 구석에서 한 줄기의 음성이 들려왔다.

"포기가 빠른데?"

흠칫.

십칠호는 빠르게 소리가 난 곳을 쳐다봤다. 좀 전까지 자신을 괴롭히던 전음과 같은 목소리였던 까닭이다.

나타난 놈은 생각보다 젊은 얼굴이었다.

"당신이었군. 전음의 주인공은."

천천히 걸어오는 진백운을 향해 십칠호가 말했다.

그 말에 진백운이 고개를 끄덕였다.

그가 냉소(冷笑)를 지은 채 말했다.

"큭, 감히 공자님 앞에서 문자 쓰기에 실력 좀 보여줬지."

"……."

십칠호는 할 말이 없었다.

백면귀인 자신이 공자 앞에서 문자나 쓰는 허풍쟁이라면 도대체 사내의 정체는 뭐란 말인가.

궁금해진 그가 진백운을 향해 물었다.

"무슨 수를 쓴 거지? 환술(幻術)인가?"

일부 도가(道家)나 배교(背敎)에서 쓴다는 환술이 아니고서는 좀 전의 상황이 설명이 안 되었기에 한 질문이었다.

이에 진백운이 고개를 가로저으며 말했다.

"그딴 거 모르는데?"

그의 말이 끝나자마자 십칠호는 돌연 웃음을 흘렸다.

"흐흐. 어쨌든 네놈은 실수를 범한 것 같구나."

"실수?"

뜬금없는 십칠호의 말에 진백운이 고개를 갸웃거렸다.

"감히 겁도 없이 모습을 드러냈으니 말이다."

십칠호는 인정할 건 인정했다. 솔직히 어둠 속에서는 그의 완패(完敗)였다. 천하의 백면귀가 말이다. 그러나 진백운의 얼굴을 확인한 그는 확신이 들었다.

어린놈이다. 분명 좀 전에는 환술을 썼던 것임에 틀림없었다.

그렇다면 결국 무공으로는 자신이 한 수 위라는 계산이 떨어지는 셈이었다.

'빨리 이 녀석을 죽이고 남은 임무를 수행해야겠다.'

십칠호는 한시라도 빨리 진백운을 처리하고 유승이 내린 명령을 이행할 생각을 했다.

그는 스산한 웃음을 흘리며 진백운에게 말했다.

"놈, 좀 전의 은신술로만 나를 판단했다면 그건 너의 오산이었다. 흐흐흐."

그 말에 진백운이 피식 웃었다.

그는 십칠호를 향해 한 걸음 다가서며 말했다.

"그건 이쪽도 마찬가지여서 말이야."

"……?"

무슨 말을 하냐는 십칠호의 눈빛에 진백운이 계속해서 말을 이었다.

"너 살수지?"

그러면서 진백운은 그동안 감추고 있던 한 줄기 기운을 외부로 폭사시켰다.

푸화악.

그와 함께 어둠 속에 진백운의 살기(殺氣)가 넘실거리기 시작했다.

그리고 그것은 천하의 백면귀조차 감당하기 힘들었다.

덜덜덜.

비수를 쥔 십칠호의 손이 마구 떨려왔다.

감당조차 하기 힘든 막대한 살기가 주변을 집어삼켰다.

저벅.

한 걸음 더 다가서며 진백운이 말했다.

“보여주지. 진짜 살수의 왕이 누군지 말이야.”

곧이어 진짜 살수의 왕(殺手之王)이 움직이기 시작했다.

『살수도』 2권에 계속…

이포두

노주일 新무협 장편소설

FANTASTIC ORIENTAL HEROES

청어람이 발굴한 신인 「노주일」
그가 선사하는 즐거운 이야기!

내 나이 방년 스물셋. 대륙을 휘몰아치는 전쟁에서
간신히 살아남아 고향으로 돌아왔다.
사실 전쟁은 이미 이기고 지는 건 문제도 아니었다.
단지 전후 협상만이 탁상공론으로 오고 갔을 뿐.
하지만 전쟁터에서는 항시 사람이 죽어 나갔다.
이유도 알지 못한 채 그냥.
그러던 차에 전후 협상처리가 되고 나서 전역했다.
그리고는 곧장 뒤도 돌아보지 않고 고향으로!

『이포두』

내 가족과 내 친구가 있는 곳으로!

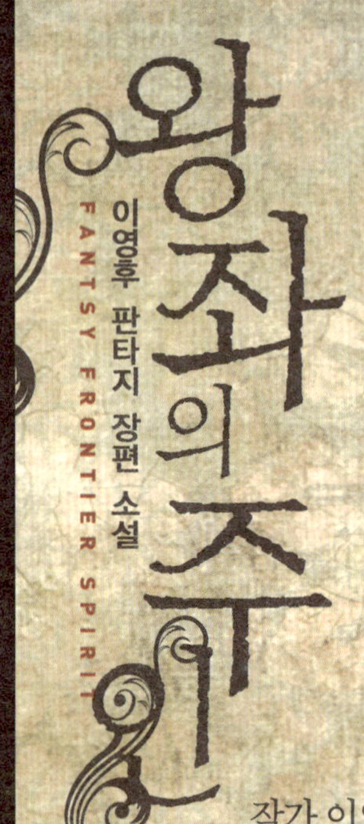

작가 이영후가 선보이는 야심작!
가슴을 떨어 울리는 판타지가 찾아온다!

『왕좌의 주인』

세계를 몰락 위기로 몰았던 이계의 절대자들
그들의 유적이 힘을 원한 자들을 불러들이고…
그 힘을 취한 어둠은 암암리에 세계를 감쌀 뿐이었다.

"세계를 구원할 것은 너뿐이구나."

어둠을 걱정한 네 영웅은 하나의 희망을 키워낸다.
이계 최강의 절대자 티엔마르.
그리고 이 모두의 힘을 이어받은 새로운 존재…
은빛의 절대자 레오!

가면의 마존
눈매 新무협 판타지 소설
FANTASTIC ORIENTAL HEROES